わが魂の航海術

わが魂の航海術

'67－'69 時代霊と遊ぶ

川崎三木男

水声社

The Voyage of My Soul
In '67-'69
Playing with the Zeitgeist

written by
Mikio Kawasaki, ©2024.

目次

プロローグ
人生はひとつの社会彫刻である

この〝僕〟という「固有な意識の建造物」。存在と意識と言う代物を自分史として語るこのひとり演劇には、通過してきた時代の出来事が舞台背景としてコラージュされている。舞台上のひとりの役者の語るナラティヴは、その時代風景と渾然と溶け合うだろう。

コラージュされた断片には、半世紀前の文化状況が反映されている。

そこには、形而上学、ニヒリズム、アウトサイダー、実存主義、時代霊、学生運動、新左翼、全共闘、ノンセクト・ラジカル、ゲバリスタ、カウンターカルチャー、ビートニク、夭折、サイケデリック、ウッドストック、ヒッピー、フリーセックス、美学校、アナーキズム、カムイ伝、犯罪、暗黒舞踏、紅テント、フリージャズ、ロック、マリファナ、ラブ・アンド・ピース、LSD、オキナワ、遊郭、洗脳、コミューン、テロリズムといったような、いまでは馴染みのない思想や政治、美術に文学や映画や犯罪などなどの多彩な文化ジャンルに広がる言葉が、混在し散乱している。

それらはいわば僕の人生遍歴のコレクション。脳内の図書館や美術館や映画館のようなものである。

あの時代を語るには時代劇風の立て込みが必要になるが、言葉もそのひとつだと思う。それらの言葉は当時の文化層を反映しているが、現在使われなくなった言葉も混じっているだろう。そこのところはご容赦願いたい。

「エゴ・ドキュメント」は、歴史のもっている複雑系の位相に属している。この見解が学術的なものや一般論とズレているとしても、すべては僕の責任である。時代の流れのなかに刻まれた一本の人生の、それは確かな年輪なのである。

コラージュされた時代風景は、僕の言葉によるタブロー（絵画）であり、それらの言葉によって刻まれた僕の人生の年輪は、ドイツの現代美術家、ヨゼフ・ボイスがいうような、ひとつの「社会彫刻」であると考えている。

どのように六七―六九年の時代霊と遊んだか。それを『我が魂の航海術』として公開したいと思う。

第一幕　'67年春

哲学者になりそこねた夢見るニヒリスト

哲学者、西谷啓治との出会い

六七年、僕は京都の大谷大学に入学した。ここは浄土真宗大谷派によって創立された文学部だけのカレッジだった。

大谷大学にやって来たのはある偶然からである。

僕は東京の私学の受験に落ちて浪人するつもりでいたのだったが、まだチャンスが残っているよと、高校の同級生の友人が受験するように勧めてくれたのだった。この大学について何も知らなかったけれども、ほとんどの大学の入学試験が終わっていたのに、ここだけはまだ三次募集が残っていたのである。

僕は受験勉強をまるでしていない高校生活を送っていた。大谷大学にももちろん入試テストがあったが、ここの学生の大半は自分の寺を継ぐために寺の子供たちがやって来るという〝坊さん大学〟だから、学力はそう高くなくても入れるだろうと思った。

高校時代の後半、コリン・ウィルソンの著書『アウトサイダー』にハマっていた僕は、最終面接の時にアウトサイダーになるためにやって来たと言った。こんな寺の子でもない学力のない風変わりな受験生の入学を認めてくれたのは、大学側の募集定員にまだ余裕があったからだろうか。

大谷大学には高名な哲学者の西谷啓治がいた。西谷啓治は大学院の西洋哲学専科の教授だった。彼が京都大学から大谷大学にやって来たのは鈴木大拙に招かれたからである。

日本を代表する哲学者である京都大学の西田幾多郎と、仏教哲学者の鈴木大拙は無二の親友だった。その縁もあり、西田幾多郎門下の四天王のひとり、京都大学の名誉教授の西谷啓治を招き入れて、大拙は自分が立ち上げた英文の仏教学術誌『イースタン・ブディスト』の編集責任者に据えたのである。

鈴木大拙は、二十世紀の初頭に仏教についての著作を英語で出版して、禅の文化を幅広く海外に紹介した人物である。神智学徒のベアトリス・レインと結婚して自身も神智学徒になった大拙は、生涯にわたって西洋の神秘思想の探求と東洋の禅の研鑽を続けた。

禅の文化を東洋だけのものではなく普遍的なものにするために、西洋に禅を普及する活動を続けながら、東西の〝霊性〟と仏教の〝悟り〟の核心とを結びつける独自の〝霊性の自覚の道〟を切り開いた人物である。

晩年は禅の悟りにつながる〝霊性〟と、浄土宗の門徒である妙好人の無垢な〝霊性〟の発露に至る研究から『日本的霊性』を著している。

西谷啓治は、戦前はドイツ観念論の流れをくむ哲学者であったが、戦後は禅の研究や東洋思想も取り入れて、〝ニヒリズムの超克〟という生涯の課題にとり組んだ哲学者である。

大拙の衣鉢を受け継ぎ大谷大学にやってきた彼は、大学院の哲学ゼミの教授をしながら、古今東西の思想哲学のジャンルを超えて、禅の行法を基底に据えた〝ニヒリズムの超克〟を探求し続けていた。アカデミズムの哲学者であったが、学問の枠を超えた境域で独自の宗教哲学者の道を歩んでいた。

鈴木大拙は僕が入学する前年に亡くなっている。しかし一九〇〇年生まれの西谷啓治は僕が入学した時には六十七歳、円熟した哲学者として健在だった。

僕は西谷啓治の著書『ニヒリズム』を、どういうわけか高校三年の時に近所の本屋で手に入れて読んでいた。内容をそう深く理解していたわけではなかったが、ニーチェの〝ツァラトゥストラ〟や、コリン・ウィルソンのアウトサイダーになりたかった僕は、この大学にやってきたのだから西谷啓治の弟子になって、形而上学やニヒリズムを本格的に学んで、〝アウトサイダーの哲学者〟になろうと考えた。

しかし西谷啓治の教えを受けるには、二年間の教養課程を終えてからさらに二年間の専門課程を修了して大学院に進む必要がある。しかしそんな悠長な時間は僕には考えられなかった。

僕は駄目もとで西谷啓治に直談判することにした。そして大学院のゼミの授業の聴講をお願いしたら意外にも許可してもらえたのだった。

それで教養課程の一年生ながら、西谷啓治の大学院のゼミであるエックハルトの宗教哲学とニーチェの哲学のふたつの講座に、僕は新米の聴講生として出かけていった。ニーチェの講座のテキストは『喜ばしき知識』だった。

その講座ではドイツ語の原書をテキストにして、エックハルトとニーチェを読み解くのである。大学院生にはそれができたが、僕は原書を手にしてもドイツ語はチンプンカンプンだから、ただその風景を夢見がちに眺めているだけだった。

先輩たちは僕を完全に無視していた。放漫で熱に浮かされて哲学者になろうとしている自分が、内心ではとても恥ずかしかったことを覚えている。

西谷啓治は本を見ずに講義をするのだが、原書の全てを暗記しているかのようだった。何ページの何行目にこのように書かれている、とドイツ語の原文を語るのである。日本語に翻訳しても難解な内容を、それを書いた人物の言語で理解するという、気の遠くなるような研鑽を積まないとその認識作業にはたどり着けないのである。

授業を受けながら、僕にはこの道はとうてい無理だと感じた。この僕の脳では、一般教養課程のドイツ語を学ぶ授業にさえまるでついていけないのである。それでおまえは哲学者になれるのか。西谷啓治のゼミで僕が理解できたことといえば、授業の内容ではなく、僕の脳は学術的な勉学にはまるで向いていないということの自覚だった。放漫な若造であったが、そのことは認めざるを得なかった。努力すればクリアできるようなものではなかった。脳の構造の何かが足りなかった。

そんなわけで、僕は授業に数カ月ほど出席しただけでドロップアウトするのである。哲学者の道をあっさりとリタイアしたのである。

しかし西谷啓治の授業で、いまも鮮やかに頭に残っているものがある。教養課程の学生でも聴講できる「現代における宗教哲学の諸問題」という講座の一齣である。その講座はテキストなどは使わずに、西谷啓治が〝生の思索〟をしている哲学者としての原風景を、まるでパフォーマンスをしているかのようにさらけ出す公開講義だった。

興にのると、彼は聴講生を前にしながら、教えることなど二の次で、思索に耽って独り言を呟きながら教室を徘徊するのである。

耳をそばだてると、〝松のタネがどう松になるのか〟、そう呟きながら自問している。それに続いて、〝人〈ヒト〉のタネはどう人になるのか〟とも呟いている。

ああ、これがキルケゴールのやっていた思索のスタイルなのか。あの京都大学の哲学の道なのか。

この時代の哲学は実存主義がブームだった。従来の形而上学はどこかに姿を消してしまっていた。

〝人が人になる〟とはどういうことなのか。

実存主義では、いまここにある自己意識をよりどころにする。この「存在と意識」でもって、いま思考している〝わたし〟の〝実存〟とは何かを問う。神から創られたという人という存在がもう実在していない以上、神の不在を前提にして、正体不明な〝わたし〟の存在とは何かを探究する哲学である。

人は神との契約がない以上、自由にこの〝わたし〟という〝実存〟を創造するしかない。もし人になるというなにかがあらかじめ用意されているとしても、実存主義者はそれを問題にはしないだろう。実存主義者は、〝実存〟そのものを自覚するプロセスも含めて、ここにいま存在していることに意味があるとするのである。それを見出すプロセスを含めて、この〝わたし〟であるという合目的的な〝実存〟が全てだと考えるのである。

プラトンのいうような観念的な〝イデア〟には、誰もう関心を持たない時代に僕たちは生きているのである。実存主義では〝人が人になるタネ〟は問題にされない。

キルケゴールが単独者になることによって教会を不用のものといい、ニーチェが神は死んだと言った瞬間から、人が存在することの責任は実はどこにもなく、いまを生きている人間として自らの〝実存〟が負うしかない、というニヒリズムの時代が到来したのだ。

その頃、実存主義者を代表する存在だったジャン＝ポール・サルトルは、存在することが個人の自由というならば、自由に生きることの意味を追求すると同時に、この社会をどう変革すべきかを問う思想家だった。サルトルはニヒリズムの時代にあって、そこに人間であることの尊厳をどう取り戻すのかを考察する。

神が不在であるとしても、人間と世界との関係性を構築するために、個人の自由と他者や社会との関係性を共存的に捉える〝アンガージュマン〟を提唱していた。

彼の〝アンガージュマン〟は、マルクス主義者として政治に関与する思想だという人もいるが、僕が出会った当時のサルトルは、イデオロギーを超えたもっとラジカルなカウンターカルチャーの立場から、時代や世界に関わることについて語っているように思えた。

五〇年代初期のサルトルは、東西冷戦の時代にあってソ連共産党を擁護する立場から、ソ連共産党に批判的だった親友のカミュと決別することになる。しかし、五六年のソ連のハンガリー軍事侵攻の際にはソ連共産党に抗議して、その後は次第にソ連のコミュニズムと距離を置くようになっていった。

彼は独自の政治思想を語るようになり、冷戦時代に東西のどちらにも属していないアジア、アフリカ、ラテンアメリカなどの第三世界の国々の民族解放運動を支持していくようになる。

二十世紀の偉人をあげるとしたら、それは間違いなく、チェ・ゲバラとジョン・レノンだと、サルトルはどこかで語っていた。僕は彼らを革命家の〝イコン〟として受け取った。

あまり知られていないが、サルトルは三十歳の時に自分自身の精神的な諸問題に苦悩して、そのことをより深く探求するために、メスカリンによるサイケデリックを体験している。アンリ・ミショーよりも早い時期である。しかし彼のサイケデリック体験は「変性意識」にまでは至らずに、全身をカニやタコが這いまわる幻覚に襲われるという悪夢で終わったようだった。

（このあと、「変性意識」という言葉を僕は多用することになるが、一般に馴染みの薄い日本語なので、ここであらためて説明しておこう。英語のＡＳＣ（altered state of cnsciousness）の日本語訳である。この英語はサイケデリック時代の六九年に生まれた言葉である。特殊な意識の状態を意味するが、哲学用語ではなく心理学用語として一般化した。

ＬＳＤなどの幻覚剤を使ってサイケデリック体験をすると、従来の意識の境域を超えて、無意識層にまで広がる変容した意識が生じる。それをこのように名付けたのである。僕は自身のサイケデリック体験から「変性意識」を体得した。このことによって、現在の僕が語る「固有な意識の建造物」には、従来の意識に加えてこの「変性意識」が取り込まれている。）

もしサルトルがその時に「変性意識」を獲得していたなら、彼は間違いなく、神秘主義者かオカルティストの道を歩んだと思う。

サルトルは六四年のノーベル文学賞を拒否した人物である。その理由は作家としての自由を守るためであると語っている。受賞することで西側のブルジョワジーからの圧力を受けたくない、と。サルトルは冷戦時代において、東西両陣営のどちらの側にも立たない立ち位置から政治的発言をしていた。

サルトルが受賞前から、自分を候補者から外すように依頼する手紙を送っていたにも関わらず、スウェーデン政府はその手紙を受け取るのが遅れたということを口実に、六四年のノーベル賞はサルトルに与え、それがその後に辞退されたということにした。しかし実際は辞退ではなく拒否したのである。

僕はサルトルの哲学書『存在と無』や、小説『嘔吐』を買って読みだしたが、しかしどちらも途中で投げ出してしまった。

僕の脳では、その内容がほとんど理解できなかったからである。彼の哲学は理解できなかったものの、冷戦時代に脱イデオロギーの立場をとった実存主義者としての思想家サルトルを僕は受け入れている。

僕は、自分がイメージできるものは理解しやすいが、イメージできない言葉が多い哲学書にはついていけないのである。翻訳されたものを読んでも西洋の概念の把握が難しい。それに加え、僕の言葉の理解力がまだ幼かったことにもよるだろう。多分現在でも理解力はそれほど深まっていない。

サルトルは自由について、〝人間は自由という刑に処せられている〟と書いているが、なぜ自由が〝刑〟であるのかが理解できないのである。

その頃の僕は、十九世紀に哲学がニヒリズムに陥ったその文化背景にある、ヨーロッパのキリスト教諸国の知識人の意識のなかに、神（GOD）がいかに深く入り込んでいるのかということがよく理解できていなかったのだった。僕は、まだエデンの園から抜け出していないような極東のイノセントな場所で、神の不在の意味も理解できていないニヒリストだった。

キリスト教文化について学ぼうと試みてみたが、そこに誘われるような出会いはついに訪れなかった。キリストに出会う前に、僕はニーチェの〝ツァラトゥストラ〟と出会ってしまったのである。『アウトサイダー』を書いたコリン・ウィルソンも、ニヒリズムがその背景にあった。しかし彼はそれを、アカデミズムの学術的な学問としてではなく独学による文学的な独自のスタイルで書いていた。その文章はジャーナリズムに近いものがあり、僕には理解しやすいものだった。

彼は、『アウトサイダー』のあとに、『新実存主義』を著している。新実存主義者は、サルトルの悲観主義的な方向とは逆の楽観主義の道を歩む、とコリン・ウィルソンは語っている。彼は作家として独自の神秘主義的な境域を創出したが、現実社会の政治思想には関わらなかった。

僕はまだ硬いエゴの殻を抜け出す術を知らずにいた時代であった。しかし蝶のように、人間もメタモルフォーゼをするとしたら、いつかはその蛹の殻から抜け出せるだろうという〝ヴィジョン〟を夢見ていた。

コリン・ウィルソンの『アウトサイダー』は、その頃の僕にとって文学遍歴のためのガイド読本だった。

「存在と意識」の問題を哲学することをひとつのゲームとして考えれば、サルトルとウィルソンのふたりの哲学者の間にあるルールの違いのようなものを僕は感じ取っていた。

ニヒリズムを超克するための〝実存〟について、それをいまの手持ちの思考カードである「エゴの固有意識」で勝負するのか、まだ伏せられている未知の思考カードである「変性意識」で勝負するのか、その違いを僕はその時に予感していたように思う。

コリン・ウィルソンにもサイケデリックの体験があり、彼の著作は、その「変性意識」から生み出されたものであった、と現在の僕はそう理解している。しかしながら、サイケデリック未体験であった当時の僕は、「変性意識」をこの時点ではまだ獲得していない。

その頃の僕の未知のカードというのは、コリン・ウィルソンが語る幻視者のみる〝ヴィジョン〟のことである。ウィリアム・ブレイクのような〝ヴィジョン〟が見たいと思っていた。

僕は夢見るように、新実存主義者の道を歩もうとしていたのだった。

このような実存主義哲学のブームのなかで、ドイツ観念論哲学の大家である西谷啓治は、ニヒリズムの超克をめぐってまったく独自の思索をしていたのである。

この時代にはまだDNAは発見されていない。人間の細胞の核のなかに、細胞を再生する設計図があることは、当時は誰も知らない時代だった。

西谷啓治のいう〝タネ〟は、DNAのような細胞の設計図のことではないが、それに似たようなものとして、人が人になることを実現させる設計図のようなものを彼は〝霊性〟と捉えて、それが〝タネ〟として人に内在しているのではないか、とそこで問うていたのである。

人が人になる〝タネ〟があるのかないのか、聴講生をまるで意識しないで西谷啓治は呟きながら教室を徘徊し、ひたすら思索にふけっていた。

これはある意味で僕にとっては禅の公案のようなものだった。学術的な脳とは違うところで僕はそれを受け取ることができた。

彼の思索している風景とその思考は、いまでも僕の脳のなかに〝生きている概念〟として蘇ってくるのである。

僕がどう人になるというのか。その〝タネ〟が僕のなかに内在しているというのなら、その〝タネ〟の能力にすべてを委ねるしかないのだろうか。

そうではなく、〝タネ〟からも自由になるというなら、その自由であることの意味をどのように考えればいいのだろうか。

僕の哲学的な思索はここからふたたび始まるのである。このとき僕は西谷啓治から、彼の哲学の〝タネ〟を植え付けられたのである。

このことによって自分が何者か、自分のなかに自分を花開かせる〝タネ〟がどこにあるのかを探索しながら、聖なる愚者のように遍歴しながら僕は人生を歩むことになるだろう。

このときから三年ほど後に〝時代霊〟(時空を超えた正体不明の特有のはたらき)に招かれて、僕はLSDによるサイケデリックの秘儀参入の門をくぐることになる。それによって〝知覚の扉〟が開き、至高体験を伴う「変性意識」と出会うことが出来た。

その時になって初めて、僕は自分のなかにも西谷啓治の呟いていたような人が人になる〝タネ〟があるということを確信することが出来るようになるのである。

しかしこの授業を受けていた六七年当時の僕は、失恋の痛手からまだ立ち直れていない強固なエゴの殻を纏ったエゴイズムの塊だった。

愛読書はドストエフスキーやヘルマン・ヘッセ。ドイツ・ロマン派の影響は受けていたが、自分自身はカフカの『変身』の主人公のような、エゴイストでニヒリストの奇妙な怪物になるのではないかと予感していた時期であった。

このような問題を語りあえる友人もいなかった。自分のなかにあるちっぽけなエゴの塊をどのように育てていくのか。その展望がないままにそれにしがみつくしかない状態で、エゴの思念の大海に浮かんでただ流離《さすら》っている、生きる目標が見出せない漂流者だった。

この孤独なニヒリストの青春を支えていたのは、まだ自分はタマゴの殻を破れないでいるが、いかにひ弱であっても、一匹の虫ケラにすぎなくても、自分は形而上学の探索者であるという自負だった。エゴの殻を突き破るような放浪を描いたビートニク文学ともまだ出会っていない。その頃の僕の周りには、ヒッピーの情報はまだ入ってきていなかった。

これはかなり後になって知ることになるのだが、ビートニクのレジェンド、詩人のゲイリー・スナイダーは東洋の禅の思想を学ぶために、五六年から六八年までのその大半を京都に滞在していたのだった。そして西谷啓治とも禅を通じて懇意な交友があったのである。

しかし当時の僕はそのことを知らない。ゲイリー・スナイダーがどのような目的を持って日本にやって来たのかを知るのはまだ数年先のことである。

哲学者、鶴見俊輔との出会い

鶴見俊輔は、僕が敬愛する京都在住のもうひとりの哲学者である。彼は六〇年代半ばに「べ平連」(ベトナムに平和を！ 市民連合)を立ち上げたことで知られていた。

鶴見俊輔は戦後の東西冷戦下のイデオロギーの時代にあって、イデオロギーに左右されない懐の深い立ち位置を持った思想家であり、ベトナム反戦運動の活動家だった。その独自の哲学の裾野はサブカルチャーにまで広がっていた。

これはどこで読んだか記憶が曖昧だが、鶴見俊輔はゲイリー・スナイダーが京都にいた頃に、彼からLSDをプレゼントされたと語っていた。国内にまだLSDが出回っていない時代に、京都の秘密のサロンで彼はサイケデリックの体験をしていたのである。

また彼は、僕がサイケデリックの体験後に愛読することになるカルロス・カスタネダやアーシュラ・K・ル＝グウィンの著作を、日本人の誰よりも早く原書で読んでいた。

鶴見俊輔がどのようなサイケデリック体験をしたのかについてはよくわからないが、彼の場合は、少年期に発症した鬱病によって、おそらくはＬＳＤを飲む以前から彼独自のサイケデリック体験と「変性意識」をもっていたのではないかと思う。

彼は日本の代表的な哲学者であるが、その、プラグマティズムの影響から生まれた独自の哲学は、哲学的な思索にとどまらず、それを一般の人々の日常の生活のレベルにまで掘り下げようとするものだった。

彼はサルトルのようなマルクス主義者ではなかったが、サルトルの唱えた〝アンガージュマン〟の活動家であり、単独者のアナーキストだった。

しかし僕が京都にいた六七―六八年の二年の間には、彼のサロンと出会う機会がなかった。仮にその時にその門を叩いたとしても、当時の僕はエゴの硬い殻を纏っていたから、準備ができていないと追い返されたことだろう。

鶴見俊輔は、哲学についてこのように語っている。


哲学とは、当事者として考える、その考え方のスタイルを自分で判断するものだ。〔……〕独特の遠近法、パースペクティヴというようなものがある。その遠近法のなかに他人の視野が入ってきて、他人の視野もそのなかに配列する。それが、私の定義するところの哲学だ。

〔……〕

自分の視野のなかに置かれている他人もいることから、人類の視野というものまで考えることができるかも知れない。アイザイヤ・バーリンが、なぜ哲学論文は難しくなるかという問題を出している。哲学の根本の考え方は、単純だという。ところが、同業の哲学者が読んで反論を加えるだろうことを考慮に入れて、反論に対して守ろうとしていくから難しくなっていく。〔……〕私は、専門哲学の外にいる哲学者が人類のなかにいると考え、むしろそこから、その哲学を考えてみたい。

この文章は『イシが伝えてくれたこと』という鶴見俊輔のエッセイの巻頭から引用したものである。イシというのは、カリフォルニアにヨーロッパから白人が来るまえから住んでいたインディアン、ヤヒ族の最後の人である。数百人いた彼の一族は白人の侵略でジェノサイドにあい、彼の死をもって絶滅する。

鶴見俊輔はイシを哲学者と見ている。それなら僕もイシのような哲学者になれるだろう。

英語に「アンラーニング」(Unlearning)という言葉がある。若き鶴見俊輔が、戦前のアメリカの大学でプラグマティズムの研究をしていたころ、図書館で日々猛勉強しているところにヘレン・ケラーがやって来て、いま学んでいるものは忘れてしまいなさいね、と優しく声をかけてくれたそうだ。そのひと言で、鶴見俊輔にヘレン・ケラー由来のアンラーニングが入り込んだのである。

見ることも聞くこともできなかったヘレン・ケラーが、どのように知性を手に入れたのか。彼女は知識を積み重ねて世界を認識することとは別の、アンラーニングの技術を身につけていたのだった。目の見えない彼女が鶴見俊輔を見つけ、彼にそれを伝えてくれたのである。視覚や聴覚を持たない彼女は、それにはとらわれない物事を把握する能力を持っていた。

スティーヴ・ジョブスも似たような話をしている。二〇〇五年にスタンフォード大学の卒業生を前にしたスピーチは、〝Stay hungry, stay foolish.〟という言葉で締めくくられている。これはヒッピーの時代の教科書ともいうべき『全地球カタログ』最終号からの引用である。

〝Stay foolish〟とはどういうことか。いろいろな解釈ができるが、これは禅の公案のようなものである。これもアンラーニングの流れである。

哲学者になりそこねた僕がいまも哲学者であると自認しているのは、鶴見俊輔の影響が大きい。僕は僕なりのアンラーニングの方法を身につけることが出来た。そして老境の現在も、単独者のアナーキストとして独自のアートの表現を続けている。

遠くで宮沢賢治が、〝俺はひとりの修羅なのだ〟と叫んでいる。彼もデクノボウとして、アンラーニングの道の先達である。

西谷啓治と鶴見俊輔のふたりの哲学者との出会い。もしこの出会いがなければ、僕のその後の人生に決定的な影響を及ぼすことになる、あの「変性意識」にも出会えなかっただろう。

第二幕　'67年春

政治の季節の幕開け

部落問題研究会に入会する

高校時代はテニス部のキャプテンとして体育会系に所属していたが、大学に入ってからは文科系のクラブに入ってみたいと考えていた。

キャンパスで真っ先に目についたのは「部落問題研究会」というクラブだった。僕はてっきり白樺派の人たちが考えていたようなコミューン（共同体）でもつくる会だと思い、深く考えずに入会を決めた。しかしその研究会の「部落」というのは被差別部落のことであり、そこは大谷大学の共産党の、民青（日本民主青年同盟）の活動拠点であった。

島崎藤村の『破戒』は読んでいたが、それまで身近に部落問題がなかったためにその実情には暗かった。高校時代には政治活動に参加したことがなく、共産党や民青についてもよく知らなかった。彼らは政治的にナイーヴな僕を仲間に取り込むために、共産党が選挙の票読みをするための戸別訪問や、被差別部落の内部のフィールド・ワークに付き合わせたり、京大のマルクス・レーニン研究会を紹介するなどして、その広範囲な活動をアピールするのだった。

最初は物珍しさもあり積極的に活動に参加していた。ところがひと月あまりで、僕はそこで行われていることに興味を失ってしまった。フォークダンスなどにも誘ってくれたが、その団体行動に僕は魅力を覚えず、なぜかここは僕のいる場所ではないと逆に違和感を感じはじめたのだった。それをうまく言葉では言い表せないが、僕の頭の構造がその研究会のイデオロギー的なドグマ体質にそぐわないのである。

アウトサイダーを目指している一匹狼的なニヒリストの僕は、会の体質にちょっと馴染めないから退めたいと正直に言ったら、それまでのメンバーの親和的な態度は豹変して、僕を異物のように眺めるのだった。しかしこのことによって、僕は共産党系の学生運動とのしがらみを持つことなく、すっきりとサヨナラできた。これは共産党批判ではない。僕にとってのひとつの出会いと別れの物語に過ぎない。

象徴の会との出会い

次に入ったクラブは「象徴の会」だった。ここは『象徴』という文芸誌を発行する同好会だが、この年は新入生の部員が集まらずにほとんど休眠状態だった。そのために僕は部室を個人的なアジトのように利用することができた。面白くない授業はパスして、ここを根城にして本を読んでいた。先輩たちが時たまやってきてサロンが開かれると、彼らとは哲学や詩や文学について語りあうことができた。思想的には、代々木にある日本共産党に批判的な「反代々木系」や、アナーキズムに親和性を持っている先輩たちが多かった。「部落問題研究会」の人たちは僕がこの会に入ったのを知って以来、近寄りもしなくなった。

思想的にナイーヴな当時の僕にとっては、彼らの思想的な対立の構造までは理解できていなかったが、僕には「象徴の会」の体質の方が馴染みやすかった。高校時代まで政治に関してはまるで疎かったが、このような環境下で僕は急速に政治に目覚め始めるのである。

羽田闘争が起点となる

この年の十月八日に起きた羽田闘争（佐藤首相ベトナム訪問阻止闘争）が、僕が学生運動を知るその最初のきっかけだった。

アメリカのベトナム戦争に協力する佐藤栄作首相のベトナム訪問を阻止する目的で、「反代々木系」の中核派が中心となり動員した、羽田空港突入を目指した武装闘争型の街頭デモである。この時の機動隊との衝突で、中核派の京都大学学生、山崎博昭さんが犠牲になった。

羽田闘争の七年前、六〇年に起きた安保闘争（日米安全保障条約に反対する闘争）では、日本共産党系を除く「全学連」のデモ隊が、日米安全保障条約の成立を阻止するために国会突入を図った。結果的に条約は成立してしまうが、六月十五日の国会突入の際に、デモに参加していた東京大学の学生、樺美智子さんが犠牲となった。

その死因を警察はデモ隊との混乱のなかでの圧死と発表したが、学生側は警察による撲殺だったと断言する。遺体の損傷具合や目撃情報からもそれは明白であるだろう。

山崎博昭さんの死は、「六〇年安保」の終焉から「七〇年安保」の幕開けを告げるものだった。彼は、学生運動のふたり目の象徴的な犠牲者であった。警察に撲殺されたという学生側の主張に対し警察はその死因を、学生が略奪して運転していた装甲車に轢かれたものだと発表している。真相を藪の中に持ち込むのは、いつもの警察の手口である。

しかし「七〇年安保」に向かう学生運動にとって山崎博昭さんの死はその始まりにすぎず、全体ではどれくらいの犠牲者がいるのか。僕はその正確な数字を知らないが、「七〇年安保」に向かう学生運動の犠牲者の総数は、街頭闘争だけでなく粛清や内ゲバの犠牲者や自殺者等を含めれば、山崎博昭さんを筆頭に優に数百人に及ぶだろう。

六〇年代後半の〝政治の季節〟はこのようにして帷が落ちたのだった。

全学連から全共闘に至る学生運動史の極私的見解

僕の青春でもあった、あの熱い時代の疾風怒濤の学生運動とはなんだったのだろうか。半世紀以上も前の学生運動は、同世代にとっては周知のことであっても、その後の世代にとっては理解しにくい歴史上の一齣でしかないだろう。しかし僕にとっては、それは過ぎ去った過去の歴史ではなく、その歴史の流れのなかに現在のこの自分の人生があるのである。

七〇年に向かう学生運動を理解するためには、「全共闘」が誕生する学生運動史を把握しておかないとその実態がよく見えてこないだろう。僕の〝ノンセクト・ラジカル〟の体験を語るにあたって、その前提となる六〇年から六八年にかけての「全学連」から「全共闘」に至る学生運動史を簡潔に俯瞰してみよう。

同じ時代を生きてきたとしても、人それぞれの歴史認識は複雑系の位相をもっている。この僕の「エゴ・ドキュメント」がどこまで的を射ているか、保証はできかねるが、この俯瞰図はあの時代を疾走してきた僕の目に映り込んだ偽りのない風景である。

共産党は世界の各国に存在しているが、ロシア革命後のある時期から二十世紀半ばまでは、ソ連のスターリニズムの影響が強かった。しかし五三年のスターリンの死によって、ソ連国内で緩やかな雪解けが始まると、各国の共産党の内部でもそれまでの強権的なスターリニズムに対する批判が噴出するようになる。これによって世界各国の共産党が多様化していく流れのなかで、日本共産党も自主独立路線を打ち出すようになる。

五五年に日本共産党は、それまでの山村工作隊による武装闘争路線の放棄を決議する。この決議を採択した「六全協」での革命運動の方針をめぐる分裂が発端となって、この時に除名された共産党員たちは、分派して新たな党をつくることになった。

戦後に再建された日本共産党には、ここに至るまでにも上層部の内部抗争が幾度かあったが、その多くは党内での闘争にすぎなかった。戦後の日本共産党からの分派活動はこの「六全協」が発端である。

多くの左翼のなかには、革命は「パルタイ（共産党）」によって指導されるという思い込みがあった。革命は共産党の独占特許だという幻想である。「パルタイ」を批判して除名されると、革命家としての道が絶たれる。それで「転向」（共産主義の思想を捨てること）せざるを得なくなった者も多い。

しかし「六全協」後に日本共産党から飛び出した革命家たちは、「パルタイ」を出て新たな「パルタイ」をつくるという分派活動を始めた。革命とは何か、「パルタイ」とは何か、〝模索の時代〟の幕開けだった。

六〇年安保闘争の犠牲となった「全学連」の樺美智子さんは元共産党員であった。しかしこのデモの時には、日本共産党から分派した共産主義者同盟の活動家になっていた。

学生運動においても分派の季節を迎える。この時に国会突入を図った「全学連」と、それに参加しなかった「日本共産党系の全学連」との間の決裂は決定的なものとなった。日本共産党と決別した「全学連」は、その後はさらにいくつもの、党よりも小さい規模の組織であるセクトに分派することになる。それらのセクトを総称して「反代々木系諸党派」といい、それらに指導された学生自治会の全国組織を「反代々木系全学連」という。

日本共産党は彼らを「トロツキスト」（トロツキーの信奉者）と罵倒する。「反代々木系全学連」は、日本共産党を革命を放棄した裏切り者、と揶揄するのである。トロツキーはロシア革命を成功させた赤軍の指導者であったが、後にスターリンとの政治闘争に敗れて、亡命先のメキシコで暗殺された革命家である。まだスターリンの影響下から完全に抜け出していなかったのか、日本共産党はトロツキーを「反革命」の象徴にしていた。しかし現在では「トロツキスト」という言葉は聞かれなくなっている。もう死語の部類であろう。

大きな犠牲を伴った六〇年安保闘争の後、学生運動は深い挫折感を味わい、長い冬の時代を迎える。六〇年から六七年の羽田闘争に至るまでの学生運動は、街頭デモをするにも、デモをしている学生よりも大人数の機動隊にサンドイッチにされるような状態が続き、街頭活動は低調なものになっていた。

そのために、六七年の羽田闘争においては警察側に油断があったといわれている。この時の機動隊は、新たに登場した武装闘争型のデモに対応しきれずに、バリケードを破られ学生に蹴散らされる羽目に陥り、衝突の際には機動隊側にも多くの負傷者が出た。

これ以降、機動隊側の装備は急速に強化されていく。ジュラルミンの盾と装甲車と催涙ガスである。学生側でも羽田闘争以降、武装闘争型のデモのスタイルが確立された。ヘルメットと角材と投石である。

こうして機動隊と学生との武力衝突はさらにエスカレートして、互いに過激な暴力を伴うものとなっていくのである。

六〇年代半ばに、〝時代霊〟に扇動されたかのような、「ニュー・レフト」と呼ばれる学生や市民の反乱の嵐が世界各地で吹き荒れる。

この羽田闘争は、「ニュー・レフト」と呼応するものと見なされるようになり、「反代々木系」という呼称が次第に「新左翼」という呼び名に変わる。

「新左翼系全学連」のなかには多数のセクトがあった。六八年当時にどのようなセクトがあったのか。

彼らの被っているヘルメットの色にその特徴があった。白ヘルの中核・革マル、黒ヘルのプロレタリア軍団、赤ヘルの社学同（ブント）・ＭＬ派、青ヘルの社青同、緑色のフロント、などなど多彩な色彩のセクトが乱立していた。ちなみに代々木系の色は黄色だった。

そのなかから、どのセクトにも属さない「全共闘」が誕生する。

そのきっかけは、六八年春の日大の巨額の使途不明金をめぐる日大闘争と、民主化を求めて安田講堂を占拠した東大闘争だった。

双方の大学側が、学内占拠を決行した学生側との話し合いでの解決を拒否して、学内に機動隊を導入したために、大学闘争はより過激になり長期化していった。この日大と東大の大学闘争から、「新左翼」のセクトの壁を乗り越える超党派の「全共闘」が結成されるのである。

学生運動の闘争には、大学の内部の改革を目指す大学内の闘争と、ベトナム反戦や反安保、沖縄、三里塚といった街頭の政治闘争の、ふたつの闘争スタイルがあった。大学を母体とする「全共闘」が結成されると、「ニュー・レフト」の潮流に乗って、「全共闘」は学内紛争解決ための連帯組織として、野火のごとく全国各地の大学に広がっていくのである。

〝ノンセクト・ラジカル〟である「全共闘」は党組織ではなく、個人的な〝アンガージュマン〟の意識の連帯から生まれた、極めて多様性をもった闘争集団組織であった。「全共闘」は、綱領を持った党やセクトのような一枚岩の組織ではなく、また各大学の「全共闘」の実態もそれぞれ個性的な様相をもっていた。

「全共闘」のなかには、一部のセクトが主導権を握っているものもあり、セクトとセクトの間の〝内ゲバ〟が発生する要因がそこには内在していた。これは「全共闘」が初動から抱え込んでいた致命的な弱点であった。

とはいうものの、「全共闘」の誕生によって、セクトには属さないカウンターカルチャーの熱を帯びた熱い意識を持つ多くの学生たちが集う、イデオロギーによるものでない、ユングがシンクロニシティと呼ぶような、不思議な共感を共有しあえる連帯集団が誕生したのである。

この連帯が、運動に無関心な〝ノンポリ〟学生から、暴力闘争に共鳴する助っ人である〝ゲバリスタ〟までを広範囲に巻き込んでいった。そして七〇年安保闘争に向かう〝時代霊〟の鼓舞する上昇気流が舞い上がると、もう誰にも止められない革命と動乱の疾風怒濤の熱い時代をつくりだすのである。

この時代の大学闘争の担い手たちを、世間では〝過激派暴力学生〟と一括して呼んでいるが、そのなかでも、〝ノンセクト・ラジカル〟というのは、セクトのような組織的な総括がなされていないために、その実態が捉えにくい面がある。

いまではもう死語の部類に入りそうであるから説明しておこう。

〝ノンセクト〟と言うのはセクトに属していない一匹狼という意味である。〝ラジカル〟と言うのは過激と意味づけられたりもするが、カウンターカルチャーの視点でこの世界の在り方を根底から見直すという意味である。

〝ノンセクト・ラジカル〟の活動家は、イデオロギー的なものに左右されない個人の立場で、誰でも勝手にそう名乗りを上げることができたのである。

学生運動史のこの俯瞰図は、「全共闘」の誕生を〝ノンセクト・ラジカル〟の視点から語った極私的風景である。僕の〝ノンセクト・ラジカル〟としての学生運動のアーカイヴは、このあとの項で時間軸に沿って記述していこうと思う。

第三幕　'68年春から秋

ベトナム反戦運動と動乱の時代

'68年春・佐世保エンタープライズ寄港阻止闘争

羽田闘争当時、僕は京都にいたために、新聞のニュースを読んでもその実情がよくわからないでいたが、しかしどこかで胸騒ぎを覚えた。

僕が学生運動に参加するきっかけとなったのは、六八年の一月に起きた佐世保エンタープライズ寄港阻止闘争のテレビ報道だった。一月十七日の機動隊による学生排除の暴力シーンは、羽田の恨みを晴らすかのような過激なものだった。その映像のなかでは、羽田闘争の後にスケールアップされた装備の機動隊によって、学生たちが放水され催涙弾の集中砲火を浴びて蹴散らされ、警棒で滅多打ちに乱打されていた。その映像の迫力が目に焼きついた。

羽田闘争からわずか三カ月にも満たないのに、機動隊の装備と戦術は強化されていて学生たちは逃げまわるばかりだった。当時の僕には、そこまで学生たちを反戦運動に駆り立てている事情がよく飲み込めていなかったが、その映像を見て義憤を覚えた。

佐世保エンタープライズ寄港阻止闘争は六八年という特筆すべき年の幕開けとなった。この年に世界中で「ニュー・レフト」と呼ばれる若者や市民の反乱が頻発する。

「ニュー・レフト」がどのように起きたのか。先進諸国の既成左翼が議会制に取り込まれて戦わなくなったことに対する批判から、より戦闘的な革命運動を希求する若者を中心とした過激な勢力が、この年にイギリス、フランス、ドイツ、イタリア、アメリカなどの各国で同時発生的に立ち上がるのである。それらは統一された新左翼のイデオロギーから計画されたものではなく、各国の事情は多種多様で突発的なものだった。僕はそれを、時空を超え個人の意識をシンクロニシティに目覚めさせる〝時代霊〟の働きと観ている。

この若者や市民の反乱は、現在のコロナ・パンデミックのように、まるで「ニュー・レフト」という〝ウイルス〟に感染したかのようであった。この〝ウイルス〟は、学生や若き労働者たちのカウンターカルチャーによる目覚めた意識によって、国境を越えて世界中に広がっていったのである。

イデオロギーによって東西に分裂させられた冷戦の時代に、両陣営の内部で、個々の市民の目覚めた意識から放たれた反乱だった。僕はリアルタイムにこの〝ウイルス〟に感染し、その洗礼を浴びたひとりとなった。

'68年春・ベトナム反戦運動

新年に入ってから、ベトナム戦争が「ベトコン」と呼ばれていた南ベトナム解放民族戦線の反撃、テト攻勢によって新たな局面を迎えていた。サイゴンのアメリカ大使館が「ベトコン」の決死隊によって占拠されたのである。それは数時間後に鎮圧されるのだが、射殺された「ベトコン」の決死隊員の無惨な死体がテレビに映し出されていた。

ショックだったのは、南ベトナムの国家警察長官が「ベトコン」の容疑者の青年のこめかみに拳銃を突きつけ、路上の公衆の面前で射殺するシーンである。青年の顔のアップと、こめかみに拳銃を突きつけられた歪んだ表情、その直後に血の噴き出るリアルな映像が世界中に放映されたのである。

このようなテレビによる生々しい映像や、戦場ジャーナリストの報道によって、日に日に過熱してくるベトナム戦争の泥沼化の実情が日本にいても理解できるようになってきた。

僕は親の脛をかじって、平和なこの国で学生をやっているが、ベトナムでは同世代の若者たちが殺し合っているのだった。

戦後の日本は、平和憲法で戦争を放棄した国になった、ということになっている。しかし実際は、日本政府はアメリカ側に加担していた。その軍事特需による利権を漁っているというリアルな現実が見えてきた。

憲法九条が歯止めになって日本の自衛隊はベトナムに派遣されなかったが、韓国には徴兵制度があり、同世代の韓国の若者たちがベトナムのアメリカ軍に組み込まれて戦っている。僕は日本でテレビを見ているが、そこにはすでにベトナム戦争でのアメリカ側に加担している自分がいるのである。

これはイデオロギーの立場からの意見ではない。ただ目の前で行われているリアルな事象を、自分の〝裸眼〟で捉えてそう感じたのである。この〝裸眼〟は、大人のような社会的なしがらみのフィルターを持たない若者の特権のようなものである。

国内では、小田実の率いる「ベ平連」（ベトナムに平和を！　市民連合）の反戦デモが本格化し、市民によるベトナム反戦の気運も盛り上がりを見せ、京都でも学生の反戦デモが頻発するようになってきた。しかしまだこの時点での学生デモは、大学を拠点にしている新左翼のセクトの主導によるものだった。

僕も大谷大学の近くの同志社大学のデモ隊に合流して参加しだしたが、この当時の京都市内の学生デモは、各大学から出て市内を行進して円山公園に向かい、そこで集会をして解散するといういたって平和的なデモであった。声は上げるがゾロゾロと市内を歩くだけの、まったく面白みのない整列デモであった。

京都のセクトでは、白ヘルの中核派と赤ヘルの「ブント」（共産主義者同盟）が多数派で目立っていた。「関西ブント」は、後に加藤登紀子の旦那になる同志社大学の藤本敏夫がリーダーだった。二年後にはこのセクトから分派した「日本赤軍」が登場する。京都市内の大学で〝ノンセクト・ラジカル〟の「全共闘」が姿を表すのはこの年の後半からである。

大谷大学の僕のアジトは、学生会館を立て直すために臨時につくられたプレハブの建物に移動した。

「象徴の会」が手に入れた一室の正面の壁一面に、僕はペンキでチェ・ゲバラの巨大な顔を壁画のように描いた。そしてそこを根城に、アナーキズムの研究を始めた。

大学の授業で興味のわくものは少なく、それよりも古書店や、アナーキズム関係の書物のコレクションが充実している「三月書房」の書棚の方が魅力的だった。そんな「象徴の会」に興味を持って、この春には珍しくふたりの新入生がやってくる。（このふたり、H君とKさんについては次幕以下で書く。）

世界各地で学生や若き労働者たちのベトナム反戦運動が、俄然、加熱し始めた。当事国のアメリカを始め、ロンドンやパリ、西ドイツの各都市やブラジルのリオデジャネイロでも、この年の春からシンクロニシティ現象のように激しい街頭デモが起きている。

なかでもフランスの「五月革命」、パリ・カルチェラタンの騒乱は苛烈だった。まさに政府を転覆させようとする革命を目指した、大衆を巻き込んでの一斉蜂起の様相だった。

このころの革命のイコンは、チェ・ゲバラや文化大革命を率いていた毛沢東である。

チェ・ゲバラはアルゼンチン生まれの医者で革命家。フィデル・カストロとともにキューバ革命を成功に導いたゲリラの指導者であったが、六七年十月九日、ボリビアでのゲリラ活動中に捕虜となり、アメリカのＣＩＡの指令で射殺された。そのドラマティックな生涯は、「ニュー・レフト」の若者たちの共感を呼び、「第三世界」の革命のシンボルにされたのである。

北京では政治的復権を目指していた毛沢東の政治的闘争の尖兵、紅衛兵による文化大革命の嵐が頂点に達して、「五月革命」を支持していた。

東京では、パリ・カルチェラタンの騒乱の余波をもろに受けて、六月二十一日に、神田カルチェラタン闘争が起きている。

このときは投石用の石として、パリ・カルチェラタン同様に道路の敷石を剥がして、それを機動隊に投げつけるという激しい街頭デモが日本でも起きたのである。

これに先立つ六月二日、九州では米軍のファントムF4偵察機が九州大学の構内に墜落したことから、九大闘争と呼ばれるその機体の撤去、処理を巡っての大学闘争が勃発している。九大闘争は板付基地反対運動と結びついてさらに過激化していった。

この「ニュー・レフト」ムーヴメントの起点には、アメリカ帝国主義のベトナム戦争に対する不信があった。「ニュー・レフト」によって、世界中のベトナム反戦運動の火薬庫に火が放たれたのである。

'68年春から夏・アメリカ政府のダークサイド

四月四日、アメリカで無抵抗主義の公民権運動を指導して、六四年にノーベル平和賞を受賞したマーチン・ルーサー・キング牧師が、メンフィスのモーテルで〝暗殺〟される。これをきっかけに全米各地で黒人たちの人種暴動が発生する。

キング牧師の〝暗殺〟に先立つ六五年には、キング牧師と並ぶ公民権運動の指導者マルコムXが〝暗殺〟されている。ふたりの公民権運動の活動家の殺害、これには政府の〝秘密組織〟が関わっていると見られているものの、その真相は〝藪の中〟に秘されている。

マルコムXの〝暗殺〟直後から自衛武装を主張する戦闘的な「ブラック・パンサー党」が結成されていたが、キング牧師暗殺によって俄然勢力をつけ、急速に台頭してくる。「ブラック・パンサー党」はアメリカ軍のなかにも浸透して、黒人兵士の差別を監視する政治組織として拡散していった。

四月二十三日には、ニューヨークのコロンビア大学が、大学当局がベトナム戦争支援機関に関与していると抗議する学生たちによって〝ロックアウト〟された。このコロンビア大学の学園闘争は、七〇年に、『いちご白書』(The Strawberry Statement)という映画になったことから、日本でもよく知られている。

六月五日には、ロバート・ケネディ上院議員が、ロサンジェルスのアンバサダー・ホテルで〝暗殺〟される。このテロをアメリカ政府は、ジョン・F・ケネディ大統領の時と同じ〝個人テロ〟として処理している。しかしその真相はどちらも〝藪の中〟に秘されている。

〝個人テロ〟として処理されることによって、テロの背景にある真相が追求されないままに、それらの調査資料類が政府によって「極秘文書」として封印されてしまうのである。

国家の「機密組織」が関係しているものには、真相が〝藪の中〟に封印されるという特徴がある。それらの資料が公開され、不自然さが払拭されない限りは、これらのテロの背後にアメリカ政府の〝ダークサイド〟が関与しているのではないのかと疑わざるを得ないのである。

ロバート・ケネディは、兄のケネディの政権と次のジョンソン政権で司法長官を勤めていたが、この時は、次期大統領に民主党から出馬するために司法長官を辞して上院議員になっていた。そして、その大統領選への出馬演説で彼は、ベトナム戦争を終結させる、と公約するのである。

「腐敗の甘い汁を吸う特権階級を生きながらえさせるために、なぜ米国の若者が死ななければならないのか。米国民は、ベトナム戦争情勢についてのあらゆる幻想と希望的観測を捨て、勇気を持って厳しい現実を直視しなければならない」と訴えた。

このロバート・ケネディの主張からは、彼がキング牧師やカウンターカルチャーの反戦運動と同じ立ち位置にいたことがわかる。そして大統領選の選挙運動中にテロに遭うのである。彼が大統領になったら困る理由が〝ダークサイド〟には明確にあったのである。

〝暗殺〟と〝個人テロ〟は、その動機がどこにあるかで区分されているが、しかし〝個人テロ〟として処理されていても、そこに権力が絡めばどのようにも粉飾や捏造ができる。政府の〝秘密機関〟の動機に関しては逆に、決して表には出てこない。

明確な証拠がない以上、その真相を突き止めることは困難だとしても、このように要人が連続して〝個人テロ〟によって殺害されるというのは、単なる偶然では片付けられないはずだ。〝藪の中〟にもいくつもの状況証拠や傍証は存在している。そうしたアメリカ政府の「機密文書」もいつかは公開される時が来るだろう。

'68年夏・ソ連軍のチェコスロバキアへの軍事介入

冷戦下、東側陣営の一員だったチェコスロバキアでは、ワルシャワ条約機構軍の戦車が首都プラハに侵入する。「プラハの春」と呼ばれている「民主化革命」に対する軍事力による蹂躙である。ことの発端は、三月にアレクサンデル・ドブチェク書記が登場してチェコの「民主化革命」が実現したことにある。

一党独裁の共産党の政権に対して、非共産党員の作家たちが発した「二千語宣言」の、自由に発言できる社会体制をつくろうという呼びかけが、多くのチェコ市民を目覚めさせ、「民主化革命」を実現させたのだった。

このチェコの「民主化革命」は、五〇年代にスターリンの手によって多くの知識人たちが無実の罪で殺された戦後の歴史を見直して、ソ連邦のなかでの〝新しい社会主義〟を目指そうとしたものだった。

チェコスロバキアの首脳たちは、ソ連首脳との協議を粘り強く続けたが、しかしソ連の共産党の指導部は、この市民による「民主化革命」を共産党の一党独裁体制への脅威とみなして、「反革命」と断じて、ワルシャワ条約機構軍による軍事介入を行ったのである。

八月二十日、戦車で侵攻したソ連軍主体の五カ国軍は、抵抗する市民たちを殺害してチェコスロバキアを占領したのである。この時の首都攻防戦では、四〇〇人近い市民が犠牲になったといわれている。

これ以降、冷戦下における東側の「民主化革命」は沈黙を余儀なくされ、チェコスロバキアは共産党一党独裁の冬の時代に逆戻りするのである。その雪解けは、八九年のベルリンの壁の崩壊後に起きる「ビロード革命」によって、チェコの共産党体制が瓦解する時まで、二十年以上も待たねばならなかった。

'68年夏・アメリカのシカゴ・セヴン

一方アメリカでは、大統領候補を選ぶ民主党の大会がシカゴで開催されていた。ベトナム反戦を訴えた有力候補のロバート・ケネディが六月に暗殺されたために、民主党の次の大統領候補を選出する党大会は混迷を極めていた。この大会に抗議するために、シカゴのグランドパークで行われていた八月二十八日の反戦集会では、警察と暴徒化した群衆が衝突して双方に多数の負傷者を出した。

その後に誕生した共和党のニクソン政権は、この時の暴動を煽動したとして七人の被告を告発する。「シカゴ・セヴン裁判」である。

この裁判は七〇年に全員の無罪が確定したが、ニクソン政権が反戦運動弾圧のために仕組んだ政治裁判として、後に糾弾されることになる。

二〇二〇年に、これを題材にした法廷映画『シカゴ7裁判』(The Trial of the Chicago 7)がNetflixで公開されている。

'68年秋・血塗られたメキシコ・オリンピック

秋にオリンピックを控えたメキシコでは、学生運動が過激化して戒厳令が敷かれていた。九月二十三日の国立工科大学の学内占拠闘争では、軍の治安部隊によって十五人の学生が射殺されている。

また、オリンピックの一週間前の十月二日、ラス・トレス・クルトゥラレス広場で起こった「トラテロルコの虐殺」では、四百人近くの市民や学生が、軍の治安部隊や警察によって射殺された。

メキシコ・オリンピックはこのような血塗られた戒厳令下で開催されたのである。

このオリンピックで衆目を集めたのは、陸上男子二〇〇メートルの表彰式で行われた、メダリストたちによる「ブラックパワー・サリュート」(Black Power Salute)だった。

これは、金メダルを獲得したアメリカの黒人アスリートのトミー・スミスと、銅メダルのジョン・カーロス、そしてふたりに賛同した銀メダリストのオーストラリアの白人選手ピーター・ノーマンが表彰台で行ったパフォーマンスである。

黒人たちによる公民権獲得後もアメリカに残る人種差別を告発するアピールであるが、その背景には、人種差別反対運動と連動したベトナム反戦運動と「ブラック・パンサー党」の台頭がある。

このことを恐れたブランデージの国際オリンピック委員会（ＩＯＣ）は、オリンピックに政治を持ち込んだとして、彼らのメダルを剥奪してオリンピック村から追放する。

帰国後のメディアのバッシングにも凄まじいものがあった。このトミーとジョンの英雄的なパフォーマンスがアメリカ国内で受け入れられるようになるのは、ベトナム戦争が終結する七五年以降のことである。

ピーター・ノーマンの場合も同様に、オーストラリア国内でその行為が非難され、アスリートに復帰するものの孤立し、名誉が回復されることなく失意のうちに早死にする。

この時のオリンピックの花は、間違いなくチェコスロバキアのベラ・チャスラフスカだった。彼女は「民主化革命」の導火線となった「二千語宣言」を支持していたために国内では地下に潜伏せざるを得なかったのだが、オリンピックに急遽出場すると、体操で三つの金メダルを獲得した。ものの見事に体操王国、ソ連の鼻を明かしたのだった。

彼女の偉業は西側のスポーツ界からは大絶賛された。

オリンピックは政治に関わらないと謳っているものの、実際にはこのように極めて政治的なイヴェントなのである。

'68年秋・東大闘争と大学解体

ベトナム戦争という、東西両陣営の代理戦争が泥沼化する一方で、西側陣営の内側に、ラジカルな市民や学生たちによる反戦運動と一体となった、新たな政治体制を求める民主化運動が起きていた熱い時代だった。

国内でも十月二十一日の国際反戦デーには、学生が機動隊と衝突する街頭闘争が本格化、新宿では「新宿騒乱事件」が、大阪では「御堂筋闘争」が勃発する。

「東大闘争」も泥沼化していく。安田講堂が七月に再占拠されると、全学封鎖にエスカレートした。十一月二十一日には、「東大・日大闘争全国学生総決起集会」が開かれた。

東大では大河内総長が去り、その後に加藤総長代行と「東大全共闘」との大衆団交も開かれたが、話し合いでの決着はつかなかった。バリケードは解かれず、「東大全共闘」が占拠した状態が続き、入学試験を行うことが困難になる。

「大学解体」という「東大全共闘」のスローガンが実現したわけではないが、事実上入試ができない状態に追い込まれたことから、佐藤内閣は六九年の東大入験の中止を決定した。

「東大全共闘」の「大学解体」というスローガンは、この国を支配している学閥社会の構造の核にある、帝国大学の実態という虚構にスポットを当て、そこから大学とは何かを問うものであった。

宇井純はこのようなアジテーションをしている。

大学、この偉大なる虚構、壮大なる浪費！　外には栄光と期待の幻想、内には腐敗と沈滞の現実。権力の飾り物としてはあまりに腐臭に満ち、大国の虚栄としては金のかかりすぎる代物となった大学。しかもその成果は日本の文化状況を覆いつくすばかりでなく、学閥社会として民衆の日常的生活にまで根を張り、この国の強い事大主義の一つの基盤となっている。

（宇井純・生越忠『大学解体論（1）』一九七五）

十一月二十三、二十四日に開催された、東大教養学部「駒場祭」の有名なポスターは、当時の教養学部二年に在籍していて後に作家として活躍する橋本治がデザインしたものである。

高倉健をモデルにしたと思える男の横顔と、銀杏の倶利伽羅紋紋の背中を描き、「とめてくれるなおっかさん、背中のいちょうが泣いている、男東大どこへ行く」という添えられたコピーが衝撃的だった。

橋本治は学生運動には参加しない〝ノンポリ〟学生だったが、これは六八年を象徴する見事なコンセプチュアル・アートだった。

第四幕　'68年夏から冬

旅の季節と象徴の会と疾走する風景

'68年夏・旅の季節

この年の夏に僕は北海道への旅に出かけた。日本にまだアメリカのようなヒッピーは出現していなかったが、新宿には「フーテン族」が出没していた。

旅のきっかけは、僕にとってはタイムリーに出版された北田玲一郎の『乞食学入門』だった。寺山修司の六三年の『現代の青春論』や、六七年の『書を捨てよ、町に出よう』は、時代が少し早すぎて僕は読んでいなかったが、『乞食学入門』は初めて知るビートニクの世界への誘いだった。

この資本主義社会をドロップアウトするというなら、〝ヤクザになるのか乞食になるのか〟と、若者に問いかけている本だった。僕はヤクザの世界に生きる能力はないが、乞食ならできそうな気がしたのである。

ＪＲの前身、国鉄の北海道の周遊券を買って、ナップサックに寝袋とこの本を入れて、実家のある横浜から鈍行列車に乗って北を目指した。僕にとっては初めての行き当たりばったりのひとり旅である。

北海道にした理由は、この国の北端を見たいと思ったからだった。夏になると北海道の札幌駅の構内を、大きなナップサックを担いでヨロヨロと歩く若者が出没するようになり、新聞はその連中を〝カニ族〟と呼んでいた。僕はまず〝カニ族〟を目指すことにしたのだ。

鈍行の列車は時間がかかるものの、途中で乗り合わせた見知らぬ人との会話も弾んだ。初めて青函連絡船で津軽海峡を渡り、最初に下車したのは札幌駅だった。札幌駅の構内には、あちこちに自分と似たような〝カニ族〟が徘徊していた。夜はベンチで寝ようとしても、終電が過ぎれば構内から追い出される。

構内から追い出された後に、野宿する場所を見つけるのに最初は苦労したが、慣れることによって次第に身についていった。人目を気にしない野良犬になればいいのである。

現金は二万円くらいしか持っていなかったが、野宿をしながら食事を節約すれば、お金がなくなるまで一カ月くらいは放浪できるだろう。

〝青年よ大志を抱け〟で知られるクラーク博士の北海道大学を見てまわったが、ここでは東京のような学生運動の盛り上がりはまだみられなかった。

次に旭川に向かった。そこには大谷大学の「象徴の会」の先輩がいた。彼の寺は檀家の多い浄土真宗の大きな寺だった。その村で彼は若様と呼ばれているという。そこで歓迎されてジンギスカンをご馳走になった。こんなに安くて美味しい焼肉があるのかと感動した。

当てのない旅だったが、翌日は大雪山連峰の標高一、九八四メートルの黒岳に登った。その山頂の風景は格別だった。憧れていたクジャク蝶やキベリタテハなどの高山蝶とも初めて出会った。

次に北を目指し稚内に向かう。僕はそこから利尻島、礼文島に渡る計画だった。礼文島が日本の最北端である。

夕方に着いたのでどこかで野宿をして、翌日、利尻島行きの船に乗るつもりだった。ところが稚内駅の待合室にいた時に、ひとり旅をしていた東京のN大学の女学生と知りあった。彼女は僕より半月ほど前から旅をしていて、彼女の場合は礼文島から戻ってきたところだった。

稚内では野宿の場所が見つけにくく、駅近の安宿を訪ね歩いて、階段の下の女中部屋のようなところに格安で泊めて貰った。知り合ったばかりの女性と一室に泊まることになったが、僕にはラブホテルの経験がなく、そのつもりでもなかったのでそのまま寝入ってしまった。

翌日、彼女との会話が思いがけず弾み、僕たちは一緒に旅をすることになった。この日の彼女の計画は、オホーツク海に沿ってバスで南下して知床半島を目指すという。僕もそれに付き合うことにしたのである。ひとり旅がまさかのカップルの旅となった。

網走でバスを降りた。ここは高倉健さんの映画、あの『網走番外地』のあるところだ。そこから列車で知床半島の斜里町に向かう。その日はウトロの山小屋に泊まって、翌朝に羅臼岳を目指して登山をしようというのである。

山小屋ではもうストーブが焚かれていた。知床の夏はいたって短いのであった。彼女は寝袋を持っていなかった。そこで僕の寝袋にくるまって、くっつきあって寝た。

運動靴と軽装備の衣装で、ナップサックを担いでの登山はとてもきつかったが、羅臼平の雪渓や高山植物の景色は素晴らしく、そこから山頂に向けて岩山をいっきに登りきった。標高一、六六一メートルの羅臼岳の岩場の山頂に達した時には登山の魅力にすっかりはまっていた。

晩夏の羅臼山頂の遠望はまさに絶景、知床半島が見渡せて、その遠方には北方領土の国後島が確認できた。登頂後は羅臼側に降りた。羅臼町の街についたら夕闇が迫っていた。

翌日は列車で札幌に向かう計画である。彼女の北海道の旅が終わりに近づいていたからだ。

その日は、羅臼町の安宿を見つけてふたりで同室に泊まった。

彼女は失恋の傷を癒す旅だと告白してくれた。僕は羅臼の宿で淡い恋心をもって彼女を抱きしめた。〝恋はしたくない、愛が欲しい〟と言われた。

僕にはまだ愛と恋の区別が判らず、彼女の真意が理解できなかった。僕たちはただ抱きしめ合っていただけでセックスにまでは至らなかった。

僕はまだ童貞で、女性を愛することには初心《うぶ》だった。彼女に心も体も惹かれかけていたが、僕もまた、以前の失恋の傷が完全には癒えていなかった。愛することには自信が持てず、プラトニックな段階からその先には踏み出せなかったのである。

札幌駅で彼女とはぐれた。そこではまるでヴィットリオ・デ・シーカ監督の『終着駅』のようなすれ違いが起きた。会って愛したいと言おうとしたときには、どこを探しても彼女を見つけることができなかった。突然の甘くて切ない別れだった。後で彼女も僕を探しまわったと聞いたが、僕は勝手に見捨てられたと早とちりして、夜行に飛び乗ったのである。

またひとり旅に戻り、ふたたび稚内に向かうことにした。最初の計画通り利尻島、礼文島に渡って、日本の最北端を目指すことにしたのだ。

利尻島は美しい島だった。利尻富士に登頂したかったが、ナップサックと運動靴で登るのは危険だと忠告され、登山は断念した。

礼文島では海岸に野宿してウニを獲って喰ったりしていた。しかし徐々に懐具合が寂しくなり、一日一食の塩ラーメンで暫くは凌いでいたものの、とうとう一文無しになってしまう。

後は『乞食学入門』の教えのように乞食になるしかないが、礼文島には乞食などどこにもいなかった。港に屯して観光客にお金をねだることはできそうだが、人に金を恵んでもらうのは僕には苦痛だった。苦痛を感じなくなるにはプライドを捨てなくてはならない。持っているものを捨てるのだからできそうなものなのに、しかしそれができないのである。

乞食になれないというのなら、もう旅を終わらせるしかない。

稚内に帰る船賃もすでにラーメンで消えてしまっていたから、人の良さそうな旅をしている東京から来ていた青年に声をかけて、稚内までの船賃を借りた。確か五〇〇円だったと思う。恵んでもらうのは嫌だった。

礼文島から稚内に向かうオンボロの小さな船には、夏のシーズンの終わりを迎えていたから溢れるほどの観光客がいた。

仕方なく僕は甲板に陣取って横になっていたが、強風で海は時化ていた。足元の甲板にはアルミの弁当箱のようなものがたくさん積まれていた。それがなんのために積まれているのか最初はわからなかったが、しばらくして理解できた。地平線が傾くような荒海の波間を漂う数時間、二度と味わいたくないほどの苦しい船酔いを経験した。そのアルミの弁当箱が手放せなくなったのである。

稚内からは周遊券があるので、後は空腹に耐えての鈍行列車の旅である。腹をすかせながら、途中で知らない人に握り飯を恵んでもらったりした。

青森では、この年に「象徴の会」に入ってきたKさんから食事をご馳走してもらった。それでなんとか空腹を満たして、親の脛をかじれる横浜の実家に辿り着いたのである。

僕はこの旅で、旅の目的のひとつである最北端の地に立つことはできたが、『乞食学入門』に書かれているような乞食になる道も、女性を愛することも、そう簡単ではないことを思い知った。

しかし行きあったりばったりの旅の魅力は格別だった。引きこもりの傾向にあったニヒリストの孤独な魂に、微かな光が差し込んできたのである。

'68年秋・象徴の会とアナーキズムと辻潤

この年に「象徴の会」にやってきた秋田出身のH君とは気があって、よくつるんでデモに参加するようになった。僕らはどのセクトにも属していなかったが、アナーキストであるから黒ヘルをかぶることにした。部屋の壁一面に巨大なチェ・ゲバラの顔が描かれている「象徴の会」の部室が、僕たち〝ゲバリスタ〟のアジトになった。

〝ゲバリスタ〟というのは太田竜が作った造語である。同じ革命思想家であり、お仲間の竹中労と平岡正明と三人がつるんで、世界革命浪人＝〝ゲバリスタ〟を自称していた。彼らは「パルタイ」が革命を放棄した後の六〇年代前半の〝模索の時代〟の思想家たちである。

「ニュー・レフト」が動乱の時代を告げると、俄然水を得た魚のように、アジテーターになって暴力革命を煽っていた。太田竜は違ったが、後のふたりは革命家というより、出版界やジャーナリズムで食っている評論家であって、特定の政治的なセクトなどには属していない単独者としてのアナーキストだった。革命家というより、動乱を楽しむユニークなファンタジスタだった。

僕は彼らを面白がっていたが、その主張を本気で受け取っていたわけではない。しかしゲバラに憧れていた僕には、文学的で革命ごっこに遊べる言葉として〝ゲバリスタ〟はピッタリハマった。

H君とは本格的にアナーキズムの勉強を始めた。

僕は幸徳秋水や大杉栄や伊藤野枝や、その後のギロチン社の人々の活動を知り、日本の近代のアナーキズムの歴史を学んでいった。

「大逆事件」を契機に、彼らが何と闘ってきたのかを知ることになる。なぜ石川啄木が〝じっと手を見る〟ことしかできなかったのか、その意味を知った。この僕のアナーキズムへのアプローチは、理論的なものには向かわず、ドストエフスキーの影響もあって、ロマン的で文学的なものであった。

僕は書物を偏愛する本のコレクターでもあるが、その始まりはこのころからである。京都には個性的な古本屋が多い。古本屋には大学よりも豊かな情報が揃っている。古書店を周りその書棚を眺めるだけで、主人のコレクターぶりがわかるようになった。

古本屋から古本屋へ僕は戦前の辻潤の書物を漁って歩いた。彼が改造社から出版した『自我経』を見つけたときは小躍りしたものだ。彼はダダイストで、アナーキストで、形而上学的ニヒリストで、類い稀な大正デカダンスの時代の魂の遍歴者だった。そして伊藤野枝の最初の男だった。

女学校で英語の教師をしていた時に生徒の伊藤野枝とできたために、愛するものを得た代わりに職を失う羽目に陥ることとなる。

『自我経』は、ヘーゲル左派の哲学者マックス・シュティルナーの『唯一者とその所有』を、ドイツ語のできない辻潤が英語版から翻訳したものである。マックス・シュティルナーは実存主義に先行して、〝血肉のかよったこの刹那的自我〟を「存在と意識」の〝創造者〟とみなした。

それは辻潤の生き方と重なっていた。辻潤もまた、ダダイストでニヒリストの〝創造者〟であった。大正デモクラシーから昭和にかけての時代を、孤独な実存主義者として時代に先行して生きたのである。

この本はよく売れたらしいが、しかし大正デカダンスの花はそう長くは咲かなかった。関東大震災直後に、憲兵の甘粕大尉に虐殺された友人のアナーキスト大杉栄と、自分を捨てて彼の愛人になったことから大杉と一緒に殺された元妻の伊藤野枝を偲んで、辻潤は日中戦争から太平洋戦争に進むこの国に背を向け、隠者のように尺八を吹いて諸国を流離《さすら》う。回向のために尺を吹く以外は酒に溺れる。絶望するなかにしか彼には生きる望みがなかった。その最期はシラミに食われた孤独死であった。自死のような餓死だった。あともう少しで終戦を迎えるということを知らずに彼は死んだのである。僕はそれでよかったと思う。戦後のロマンのない社会を知らずに済んだのだから。

愛するものを失い、戦争に邁進する国のなかで孤独と虚無を友として絶望死したのであるが、同時に大正デカダンスをその魂に取り込んだ永遠のロマンティストとして生きたのである。

画家で詩人の辻まことは、辻潤と伊藤野枝との間に生まれた長男である。辻まことの本は、書棚のコレクションに魅了されていた京都の書店「三月書房」で購入した。

辻まことは、父を反面教師にしながら、戦後社会から〝ドロップアウト〟するように、山と川を愛するエッセイや風刺画を書きながら〝稀有の自由人〟として、彼もまた波乱に満ちた愛と遍歴の生涯を送る。

「三月書房」は、アナーキズム関係やシュルレアリスムなどのアートに関する書物から、詩集やミニコミまでが置かれていた。僕は大谷大学の授業に興味をなくしていたが、古本屋と「三月書房」は、僕にとって大学のような場所だった。

僕の書物への偏愛とコレクションは自前のものである。師匠はいない。小学校から高校二年までは蝶のコレクターだった。本を漁っているときには、蝶を追っかけるときのように、見知らぬ獲物を採取するハンターの喜びに浸れるのである。

'68年春から秋・同人誌『象徴』と『enfance finie』の発刊

「象徴の会」では、この春にようやく同人誌『象徴』の発刊にこぎつけた。僕は責任編集者として、そこにエッセイ『長沢延子論～おまえびっこでちんばの少女よ』を掲載した。

この副題には現在では差別用語として死語になっている言葉が含まれているが、彼女の遺稿集『友よ私が死んだからとて』が最初に出版された時のサブタイトルであったと記憶している。

彼女は詩を書き、青年共産同盟に加入して政治活動をはじめたが、『二十歳のエチュード』で知られる夭折した詩人、原口統三に傾倒して、わずか十七歳と三カ月で自死する。

統三と延子のふたりの自死は、どちらも形而上学をめぐって、「存在と意識」の実存との格闘の末に決意したものと考えられている。しかし彼らの背後には、甘酸っぱいロマンティストを思わせる何かがあった。

十九歳の僕も失恋の痛手から立ち直れずに、孤独でニヒルな自我の殻に閉じこもって、彼らのように形而上学の道を歩んでいたから、先人がこのように自死していくことに深く共感したことは確かである。しかし、なぜあれほどに彼らに惹かれていたのかは、老境のいまではベールを被ってしまい、もう実感が湧かない。

夭折という言葉は甘美で青白い光を放っている。しかし僕には見果てぬ夢があり、さらにその夢の続きを見続けたいという欲望があった。高校時代はテニスの選手になりたかった体育会系あがりの文学青年だから、観念よりも生命力のある身体感覚が優っているところがあったからだろうか。

虚無主義者ではあったが鬱病気質ではなかった。夭折に憧れていたものの、みずからの自死については覚めた意識のレベルで止めることができたのだった。

同人誌『象徴』の刊行後の九月に、別冊として同人詩集『enfance finie』（終わった少年期）を編集人として創刊した。これは創刊号で終わってしまったが、そこに掲載されている僕の詩を紹介しよう。稚拙なものだが、不条理な時代のなかでもがいている、大人になりきれない青年期の気分が出ていると思う。

時に……　1

時間とは　冷たい　血の　し　た　た　り

私とは　そんな　冷たい　し　た　た　り　の
セツナを　求めた　巡礼者

〝時に　今は　いつ　なのだ〟
冷たい　血の　し　た　た　り　が
ぷつん　と　落ちて　散った　血潮が　凝血した

〝時に　今は　いつ　なのだ〟
時間の　空洞が　ぐわんぐわん　ひびくよ
熱い　空気の　ほうように　凝った　血潮が　苦悩する

〝時に　今は　おそらく　今でしかないのだ〟　と　いうのX

時に……　2

都会の　熱い　人の渦の　はみ出た
音の羅列の　ただ　ただ　ただ中で
血のしたたりの　コーヒーを　口にした　そのときから

そいつは　すでに　はじまろう　と　していた

空には　熱い　真昼の太陽が
あたりかまわず　照りつけることを　知りつくし
とけた　アスファルトが　苦悩していた
そんなとき　そいつは　ぽっくり　あったのだ

そいつは　胎動を知らず　陣痛を知らず
なんの形も　示すことなく
ぽっくり　そこに　あったのだ

そして　おおきな　おおきな　あ・く・び・が
空を　つつみ　はじめるころに
そいつは　地上を　さまよいはじめ
なけなしの　愛をはたいた　サイフの口に
くちづけを　要求した

〝時に　今は　いつ　なのだ〟
うつろなるものと　色あせたるものの

ランデブーの　はじまろう　と　するころ

〝時に　今は　いつ　なのだ〟
ぽっくりあって　ぽっくり終わらず　ヘナヘナと終わる
そんな喜劇の　前奏曲が　はじまろう　と　するころ
そいつは　そこで　吐息を　はいた
花が　咲くには　短かすぎ　花が　散るには　長すぎた
そんな　吐息の　終わるころ

〝時に　今は　いつ　なのだ〟
まわり燈籠の　影絵のように　そいつは　そこで　回っていた

僕の孤独でニヒルな自我の殻から何が飛び出すのか。自分自身がまだ何も見えていない時期だった。学生運動で加熱する時代の帷の前で、自意識が空回りしているのだった。

もうひとつ、『enfance finie』に掲載されている友人の詩を紹介したい。青森で僕に食事を奢ってくれたKさんの詩である。僕は詩を書き始めたばかりだったが彼女はすでに詩人だった。

断片《キレギレ》

いみもなく繰られていくひめくり
針をなくした時計に
星は蒼いかげをおとしていく
季節のうつろいのうちに
ふちかざりの美しい
嘔吐を少女へのいちべつとして
たちどまろうともしない意識よ
おまえのかいがらにひびきわたるしおさいを
おまえの水晶宮につきささる棘を
白日のもとにさらすのだ
決別！

体中のぜい肉を
すっかりふり落としたような
せいせいした気持ちで
白いハンケチにつつみこんだ
花々を

手品師のように吐きだしてゆくのだ
星をもぎとられた空は
駆けあがる魂のために
暗く燃えあがらなくてはならない
花をつみとられた大地は
あらゆる萌芽のために
たえまなくたけりたたなくてはならない
はじまりは
いつも
失った朝のうたから……
しらけた夜のしじまから……

「象徴の会」に新しいメンバーとして参加してくれた彼女に、なぜこの大学に来たのかと問うと、山口益の授業を受けるためだと語った。

山口益は、チベット語文献を用いて大乗仏教の研究をする「仏教チベット学」の権威で、大谷大学の元学長であり、当時は名誉教授として大学院で仏教学の授業を行っていた。

高校時代からこのような詩を幾篇も書きためていた詩人であり、お寺の子弟でもないのに、そのような高い望みを持って入学して来たその才女ぶりに僕は圧倒された。しかし身体が弱かった彼女は学生運動には参加してこなかった。

僕は六九年に京都を離れたのだが、数年後に久しぶりに京都に立ち寄った折に、白川の近くの書店内で偶然に彼女と鉢合わせをした。そのときに短い言葉を交わしたのが最後の会話となった。

その数日後に彼女は帰らぬ人となったのである。


《あなたのはにかんだ微笑みは忘れがたい。

僕はあなたの内面に触れることは叶わなかった。

自死なのか事故死なのか判らないが、あなたが夭折したのは信じがたい。

なぜあなたはそんなに早く逝ってしまう必要があったのか。

僕はあなたの優しい笑顔と苦悩の一端を知っているにすぎない。

統三や延子やあなたと出会い、僕は詩人のようには生きられないことを知る。

僕には苦悩の分量が軽すぎるからである。》

彼女の詩を僕は彼女の許可を得ずに掲載しているが、きっと許してくれると思う。

'68年秋から冬・永山則夫と疾走する風景

学生の意識が過熱する熱い時代にあって、その対極でひとりの〝凍える意識〟を持った少年が凶行に走る。

僕よりひとつ年下の永山則夫は網走番外地で生まれた。リンゴ栽培技師の父と行商人の母との間に八人兄弟姉妹の第七子として誕生した。

しかし父親は博打と酒で身を持ち崩して家出をする。その後は母が行商をして家計を支えていたが、永山が四歳の時に家事を担っていた母親がわりの長女が心を病んで精神病院に入院すると、まもなく母も四人の子を残して家出をした。

一年ほどは子供たちだけでクズ拾いやゴミ箱あさりをしていたという。このような極貧と、次男からの暴力に怯える幼少時代を送った永山は、五歳の時に再び母親に引き取られたものの、小学校や中学校の時代の大半は登校拒否や家出を繰り返して満足な義務教育を受けられなかった。

六五年に集団就職のために上京した永山は、最初は渋谷の果物店で働いた。しかし半年後に離職するとその後は、いくつもの職を転々とするようになり、その合間には窃盗や密航をして宇都宮少年鑑別所や横浜少年鑑別所に収容される。

窃盗罪で保護観察処分を受けたが、その後一時は立ち直りをみせ、明大付属中野高校夜間部に入学。牛乳配達で働きながら勉学に励んだ時期もあったという。しかし前科者であることのトラウマから長続きができずに再び職を転々として、二度目の密航を企てたり、窃盗をしたり、自殺を図ったりする、といった悪循環から抜け出せないでいた。

そのような孤独な少年が、アメリカ海軍の横須賀基地の住宅から盗み出した拳銃で、十月十一日東京、十四日京都、二十六日北海道、十一月五日名古屋で、四件の射殺事件を引き起こす。十九歳の少年による連続殺人「永山則夫連続射殺事件」である。

永山は翌年に逮捕され、少年でありながら死刑判決を受ける。その後に獄中で、なぜ自分がそのような事件を起こしたのかを考察し続け、手記『無知の涙』を書いて作家としてデビューを果たす。その後も問題作を発表。特異な作家として認められていたが、この国は九七年八月に永山則夫に死刑を執行した。

永山則夫は革命家ではなく、テロリストでもなく、窃盗のために警備員やタクシー運転手を殺害した殺人犯である。しかしなぜ彼がそのような凶悪犯罪者になったのか、それにはこの時代の〝時代霊〟が深く関与しているように僕には思える。

永山と僕とは社会的な境遇がまるで違う。しかし同時代の孤独な、大人になりきれない者同士、どこか繋がっているところがある。

社会から疎外された、社会的モラルが極端に希薄で孤独な少年が、ピストルを手に入れて〝超人〟に変身した時に、殺人者になることによって、彼は社会の一員となる力を獲得したのだった。

満足な教育を受けていなかった永山だが知性が劣っていたわけではない。彼はドストエフスキーを読んでいて、『罪と罰』の主人公のラスコーリニコフについて知っていたに違いない。不条理な時代の最底辺で生きていることを自覚していた彼は、社会的孤立のなかで殺人を犯すことによって、この社会を支配する側と対等な位置に立てると錯覚したのだと思う。孤独なニヒリストの革命行為、それが彼にとっての殺人だった。

少年から大人になるためのイニシエーションの失われた現代社会では、モラルは個々の家庭や教育に委ねられている。しかし永山の場合は、家庭が崩壊していて満足な教育が受けられなかった。彼は野獣のように生きることを少年期に身につけて、罪の意識も持たない殺人者になったのだった。

カミュの『異邦人』の主人公のムルソーと、どこか合い通じるものを感じる。死刑を執行される時に、懺悔を促す司祭を監獄から追いだしたムルソーのように、永山も刑場で暴れまくって野獣のように最後まで抵抗したという。

彼は獄中で自分のなかの〝実存〟に目覚めて、自分の罪を認め、過ちを悔いているが、同時に自分を殺人者にした社会を告発している。さまざまな手紙や手記や小説のなかで、不条理な社会構造と、自身の「存在と意識」の在り方を問い続けたのだった。

映画監督の足立正生は、六九年に、『略称 連続射殺魔』という風景映画を撮っている。永山則夫の放浪した痕跡を〝疾走する風景〟として描いた作品である。彼が眺めたであろう日本列島の辺境から都市に至る風景をひたすらに記録した映像には、ナレーション以外、永山則夫はどこにも出てこない。商業映画ではない。足立正生が六八年から六九年にかけての〝時代霊〟を風景として捉えようとした、コンセプチュアル・アート・ムービーである。

この年も終わりに近づいた十二月十日、府中刑務所脇で「三億円強奪事件」が発生した。白バイ警官が現金輸送車を止め、爆弾が車に仕掛けられているから調べるといって、車を点検するふりをしながら発煙筒に点火する。煙がもうもうと立ち込めるなかで、彼はダイナマイトが爆発する、危ないから逃げろと叫び、運転手たちが避難している隙に三億円の入った現金輸送車を奪ってまんまと逃走する。白バイと警官の衣装は偽装されたものだった。

当時の三億円は現在の二〇億円近い価値がある。喫茶店のコーヒー代が八〇円くらいだった。衝撃的な劇場型の窃盗事件であったが、警察は犯人の特定に至らず、時効が成立、歴史的な未解決事件となった。

この完全犯罪をもとに、多くのフィクションやノンフィクションの作品がつくられている。庶民にとってこの犯人はヒーローのように映った。誰も傷つけず、警察を虚仮にして大金をせしめて逃げ切ったのである。

この年は、戦後復興したこの国がGNPで、当時のドイツを抜いて世界第二位になるという高度経済成長を遂げる一方で、その裏面では、社会の不条理が学生運動から犯罪に至るまで、あらゆるところに突出しつつあった。


アートの分野でも、特筆すべき事件があった。

「土方巽と日本人／肉体の反乱」が十月九―十日に、日本青年館にて上演された。これは後に〝ブトー〟として世界に知られることになる「暗黒舞踏」の創始者土方巽が、「暗黒舞踏」派結成十一年を記念して発表した、それまでの集大成ともいうべきソロ作品である。

会場のホールの入口で白馬が出迎えるという演出。真鍮板と生きた鶏が吊るされた舞台上で、土方は男根模型を身につけて、暴力と倒錯した性を露呈させる。そしてキリストのようにあばらが浮き彫りになった肉体を曝け出す。

種村季弘は、「あらゆる暴動は舞踊である。そしてあらゆる舞踊は、それが舞踊であるかぎりにおいて、暴動である。〔……〕大凶事はつねに肉体の反乱たる舞踊によって先導された」と書いた。

舞台美術・中西夏之、衣装・小道具・土井典、ポスター・横尾忠則。

僕は京都にいて観ていないが、この作品は〝反乱の時代〟を予言する「暗黒舞踏」の真骨頂として伝説となっている。


この時期、僕は現代思潮社の出版物にハマっていた。バタイユの『内的体験』は、ニーチェの二十世紀フランス版だった。ブルトンの『シュルレアリスム宣言』は、アートと革命が「存在と意識」の錯乱の上で舞っているような書物だった。ドイツ哲学の観念的な傾向に対して、フランス哲学には、エロチシズムを伴う生の感覚的な思考を喚起させるものがあった。

哲学書だけでなく、ロシア革命前夜に活躍した忘れられたテロリストを蘇らせたロープシンの小説『蒼ざめた馬』や、彼が本名のサヴィンコフで発表した『テロリスト群像』などを貪るように読んだ。アナーキズムとニヒリズムとロマンティシズムに、新たにテロリズムが入ってきたのだった。どの書物も現代思潮社から出版されていた。

書物に囲まれている、底冷えのする京都の狭い下宿部屋に籠っている僕の脳内では、アートと革命が〝時代霊〟とダンスを踊り始めるのである。

〝時に　今は　いつ　なのだ〟！

第五幕　'69年初春
ゲバリスタ遁走

'69年初頭・ヤマザキ天皇を撃て！

一月二日、皇居の一般参賀に訪れた約一五、〇〇〇人のなかから、ひとりの男が新宮殿のバルコニーに現れた天皇に向けて、〝ヤマザキ、天皇を撃て！〟と叫び、手製のゴムパチンコでもって、天皇めがけパチンコ玉を三発撃った。パチンコ玉は天皇にまでは届かなかった。撃った男は逮捕された。ニューギニア戦線の生き残りの元日本兵、奥崎謙三である。この事件は奇怪な犯行としてニュースになったものの、すぐに世間からは忘れ去られた。

十八年後の八七年に、原一男がこの人物を描いたドキュメンタリー映画『ゆきゆきて、神軍』を公開。それがヒットして奥崎謙三は一躍時の人となる。

僕は七二年に彼が出版した『ヤマザキ、天皇を撃て！』を読んでいたから、彼の犯行の動機は知っていたのだが、この原一男の『ゆきゆきて、神軍』は衝撃的だった。国に裏切られた兵士のたったひとりの〝大逆行為〟と、その狂乱の〝アナーキーな生き方〟が見事に活写されていた。僕は映画館で感涙しながらこの映画を観たが、観たという以上に、奥崎謙三という歴史の生き証人の「存在と意識」を体感することになる。

六九年はこの奥崎謙三の放った「昭和天皇パチンコ狙撃事件」で幕が開くのである。

'69年冬から春・ゲバリスタと京大パルチザン

僕のいた京都でも徐々に学生運動が過熱してきた。日大と東大の大学闘争が飛び火して、一月に立命館大学と京都大学で大学闘争の火の手が上がるのである。

それぞれの大学における紛争のきっかけとなるその事情は違うものの、そこには共通する内ゲバの構造が浮かび上がってくる。大学には学生が運営する自治会があり、その運営費は授業料のなかから支払われている。自治会は学生の相互扶助や学内の環境改善などの活動を行う組織だが、この頃の京都の大学の自治会の大半は日本共産党の指導する「代々木系全学連」が牛耳っていた。

自治会の役員は学生による選挙によって選ばれるのだが、自治会そのものは大学の機構に組み込まれているのである。「全共闘」の大学闘争が立ち上がると、「代々木系全学連」との自治会をめぐる覇権争いが勃発する。

六〇年代後半の学生運動は、大学のあり方そのものを問う、ラジカルなカウンターカルチャーを背景にした「新左翼」の「全共闘」が担っていた。

それに対して、「代々木系全学連」やその関連の自治会は、「全共闘」に敵対して大学側と組んでいたケースが多い。「代々木系全学連」にとっての大学闘争は、「新左翼」から大学を守るという覇権争いであり、ラジカルなカウンターカルチャーの学生運動とは別種のものであった。

「全共闘」と「代々木系全学連」の対立は、その根っこの部分においては、先に述べた「六〇年安保闘争」に起因しているが、この時代はそれが、学内での内ゲバの様相を帯びてくるのである。内ゲバとは、革命勢力内部の暴力抗争のことを言う。

六〇年代後半から苛烈になる学生運動の内ゲバには、この「代々木系全学連」と「全共闘」との抗争以外にも、「新左翼」内部の各セクト間で起きる抗争や、セクトの内部で起きる内紛などもあって、その全体像は実に複雑怪奇としかいいようがない。

学内闘争のなかでも「日大闘争」の場合はかなり特殊であった。大学当局の使途不明金を告発する「新左翼」系の学生集団に対して、大学側は「右翼体育会」系の学生を動員して暴力的な対立を煽り、さらに機動隊を導入、告発した学生集団を排除した。この大学側の強権的な対応が日大闘争を本格化させることになり、そこからイデオロギーにとらわれない〝ノンセクト・ラジカル〟を主体にした「全共闘」が生まれたことは先に述べた。

東大闘争でも大学側が機動隊を導入するが、その前段階では、大学側に与した「代々木系全学連」と「東大全共闘」との間のゲバルト抗争が発生していた。大学紛争では、「全共闘」に敵対する大学側に与する勢力として、「右翼体育会」系と「代々木系全学連」がいたのである。

立命館や京大の場合は、「代々木系全学連」が大学の自治を守るという名目で、大学を占拠している「全共闘」を排除する攻撃に打って出たり、逆にバリケードを築いて「全共闘」を学内から締め出すロックアウト戦術でもって、大学当局と組んで「全共闘」を潰す側にまわっていた。こうしたことから、「代々木系全学連」と「全共闘」との内ゲバは、立命館大学闘争や京大闘争においては過激化した。

正月が過ぎてお屠蘇気分が冷めたころ、東大闘争がピークを迎える。一月十八、十九日の二日間にわたる「東大全共闘」と機動隊の安田講堂攻防戦がテレビで放映されると、それに鼓舞されて、立命館大学や京大の「全共闘」も東大に続けとばかりに闘争に一層の拍車がかかった。

私の在籍していた大谷大学は、東本願寺の学寮がその前身であるという特殊性を持った私立大学であるために、学内紛争の火種もなく、自治会も「代々木系全学連」が牛耳っていたために、逆に至って平穏で「全共闘」もまだ存在していなかった。

僕やHのような「全共闘」に共感を覚える者は、立命館大学や京大の大学闘争に、闘争の助っ人である〝ゲバリスタ〟として参加することになる。

立命館大学闘争の内ゲバ抗争は、一月十六日に寮生と「全共闘」が中心となって、大学本部のある中川会館を占拠したのが発端であった。それに対して、学友会と「代々木系全学連」は、中川会館を奪還するための攻撃を仕掛けてきたのである。

二月十八日夜の、存心館を占拠していた「全共闘」と「代々木系全学連」との攻防戦では、深夜から朝にかけて十八時間以上にわたって、投石、放水、角材による乱闘が繰り広げられた。

僕も〝ゲバリスタ〟として参戦したが、「代々木全学連」からバルサンの攻撃を受けて、しばらくは喉が腫れて苦しんだ。この抗争は双方合わせて百人余りの学生が重軽傷を負うという激しさだった。

二十日には大学の要請なしに、暴力事件として独自調査をするということを口実に機動隊が学内に入り、立命館の「全共闘」による封鎖はいったん解除される。

僕はその後の立命館大学闘争には参加していないが、『二十歳の原点』を書いた高野悦子さんはその渦中にいた人物である。

五月になって、二月二十六日以来「全共闘」によって再封鎖されていた恒心館に機動隊が導入され、強制捜査が行われた。その直後に、排除された「全共闘」の一部が、大学構内に戦没学生記念像として設置されていた〝わだつみ像〟を破壊する。

その後、構内から追い出された立命館の「全共闘」は、京大の「全共闘」に合流するものの、立命館大学闘争はこの〝わだつみ像〟の破壊後、徐々に失速していくことになる。

僕と同世代の高野悦子は、この時の闘争の挫折感と失恋から六月二十四日に自死する。七一年になって、彼女の内的葛藤を記した日記が新潮社から『二十歳の原点』として出版されると、たちまちベストセラーになった。彼女も長沢延子のように、夭折した詩人の仲間入りを果したのである。

京大闘争も、一月十六日の「全共闘」による学生部の建物の封鎖から本格化した。「全共闘」が主催する「全国学園闘争勝利全関西総決起集会」が、一月二十一日に開催されることを知った大学当局は、生協組合や「代々木系全学連」と組んで「全共闘」の集会阻止に動いた。

彼らは、東大のようにならないようにするということを名目にして、一般学生を巻き込んで大学の本部構内を逆封鎖する。「全共闘」を構内に入れないためにロックアウトしたのである。

これに対して教養学部に陣取る「全共闘」側は、角材とヘルメットで本部突入を試みた。しかし、ロックアウト側の放水と投石によって跳ね返されて突入することはできなかった。

大学側は三日間にわたり「全共闘」勢力の突入を阻止すると、二十三日には実力を行使して学生本部の建物の「全共闘」の封鎖を解除することに成功する。この時の攻防戦は、「全共闘」側からは、〝狂気の三日間〟と呼ばれている。

大学側と「全共闘」の団体交渉がこの後に行われるが、〝狂気の三日間〟の問題が尾を引いて団交は決裂、全学部がストライキに突入して、京大闘争はさらに混迷を深めることになる。

僕とHとその仲間は、〝ノンセクト・ラジカル〟の〝ゲバリスタ〟として一月二十一日の集会に参加する。東京からは、ベストセラーの『都市の論理』を書いた社会学者の過激老人、羽仁五郎が白いタートルネックにチェックのジャケットを着て駆けつけ、君たちの闘争を断固支持すると檄を飛ばした。

このときの教養学部の「全共闘」には、ローザ・ルクセンブルクの研究家、経済学部助手の滝田修が率いる〝京大パルチザン〟がいた。僕らはそこに合流して、〝狂気の三日間〟のゲリラ戦を闘った。〝京大パルチザン〟というのは、新左翼セクトの主導権争いを批判して生まれた、京大「全共闘」内部のゲバルト部隊であった。僕とHは黒ヘルをかぶり、角材を持って、〝京大パルチザン〟のゲバルト部隊に〝ゲバリスタ〟として参加したのである。

ここで言っている〝ゲバリスタ〟というのは、革命闘争の助っ人のことである。ゲバラのような生き方に共感して、革命を目指す闘争があれば、そこに勝手に出かけて革命側に参加する闘士のことである。

この言葉についてはすでに触れたが、ゲバルトとゲバラを組み合わせて太田竜がつくった造語である。セクトには属さずに、紛争のあるところに自己責任で出没する単独者のアナーキーな助っ人である。このころは評論家の竹中労や平岡正明らが〝ゲバリスタ〟を煽動する記事を盛んに書いてアジテーションをしていた。

このとき僕は、教養学部のバリケードのなかで炊き出しされたオニギリを頂いて、それで一宿一飯の渡世人の気分で、〝京大パルチザン〟のゲバルト部隊の一兵卒になったのである。

一昼夜にわたり、ゲバルト部隊はロックアウトされた本部への突入を試みた。深夜に外壁に梯子をかけて突入を試みるものの、籠城側からは放水や投石を浴びせられることになる。

僕の前にいたHは、ボコッという音とともに梯子から転がり落ちた。拳大の石をヘルメットを被った頭部に受けたのだった。Hはヘルメットで命拾いしたが、運が悪ければ大怪我を負うところだった。僕たちは、この紛争がどのような事情で起きているのか、よくは理解しないで現場にいる一兵卒だった。一宿一飯の義理があり、ヘルメットをかぶりゲバ棒を握っているが、個人的には敵対する学生を殴り倒すような暴力は望んでいなかった。しかしこの時の京大闘争の戦闘は苛烈であり、双方に多くの負傷者が出た。

僕は、京大闘争の要因が見えていなかったこともあるが、〝京大パルチザン〟がなぜそこまで過激化していくのかもよく理解できなかった。

火炎瓶も大量に登場する。塩素酸カリを浸したラベルを貼った有名な〝モロトフ・カクテル〟と呼ばれる本格的なものである。ライターで火をつける必要がない。投げて割れれば爆発炎上する。さすがに京大は違うなと感心した。しかし下手をすると、相手を殺すことになるかも知れない武器である。

僕は滝田修に共感はしていても、学生同士の内ゲバに命をかけるようなことはしたくなかった。部外者の〝ゲバリスタ〟であるこの一兵卒は、勝手に参加しているのであって、どの組織にも属していないから、戦闘が終わればいつでも逃げ出すことができるのである。京大の学内闘争に関しては元より部外者なのである。

僕は自己責任の範囲で、サルトルのいうような意味で〝アンガジェ〟しているのである。このようなフリーランスの〝ゲバリスタ〟は、役目を終えると身の引き方も早いし、闘争が敗北してもそれに挫折感を味合うこともない。

こうした〝ゲバリスタ〟の活動は個人のパフォーマンスである。そのために、「全共闘」のアーカイヴのなかでもその実態は捉えにくいのである。

この京大闘争の一端を、京大パルチザンの側から描いた秀逸なドキュメンタリー作品がある。小川プロの反権力闘争長篇記録映画の第四作、土本典昭・堤雅雄監督の六九年に公開された『パルチザン前史』である。

この作品には、日本のゲバラと呼ばれていた滝田修の実像が活写されている。当時の僕が百万遍の交差点でデモを先導している寸景も、一瞬ではあるが映し出されている。僕が〝疾走する風景〟のなかにいるそのシーンには、思い出以上のものがある。

この後も混迷を極めた京大闘争は、秋には一月の東大と同じような機動隊との攻防戦を招く。九月二十二、二十三日に「京大全共闘」は学内への機動隊導入に抗議して、街頭での交番襲撃や機動隊とのゲリラ戦を繰り広げた。そして構内においては時計台占拠撤去を巡る機動隊との攻防戦が展開される。

東大の安田講堂の時のようにおよそ四十六時間に及んだ攻防戦を経て、京大時計台の封鎖が機動隊によって解除されると、京大闘争は東大闘争と同様に一気に終息に向かうのである。

僕はこのときの闘争には東京に出ていたから参加していない。

ゲバリスタ、京都から遁走

この年の三月に僕は京都を離れて横浜に移る。

きっかけは『美術手帖』だった。そこに掲載されていた「現代思潮社美学校」開設を告げる広告に僕の目は釘付けになった。

その瞬間に僕の心は波打った。

現代思潮社は僕の憧れの出版社だった。僕の書棚には現代思潮社が刊行した、サド、バタイユ、澁澤龍彦、埴谷雄高の著作や、ジョージ・オウエル『カタロニア讃歌』、ロープシンの『蒼ざめた馬』、サヴィンコフの『テロリスト群像』、ブルトンの『シュルレアリスム宣言』などが並んでいる。

その広告のコピーに胸が躍る。それは、〝六九年を期して、「現代思潮社美学校」は、現今最高技能の徹底的習得と、実生活に還流するアルスの根元への飛翔を掲げ、今日の安易な教程・芸術思潮と切れて、この門を叩くものを募ります〟と告げていた。

さらにその講師陣には眼を見張るものがあった。

粟津則雄、巖谷國士、内村剛介、片岡啓治、唐十郎、澁澤龍彦、白井健三郎、瀧口修造、種村季弘、出口裕弘、寺田透、埴谷雄高、土方巽、森本和夫といった、書物の著者として知っている、とんでもない憧れの作家や思想家が記載されていた。

僕がその広告を目にした時には、すでにアトリエ教程の締め切りは終わっていたが、技能課程の締め切りは三月二十五日とある。これはもう行くしかない、そう決断した。

「現代思潮社美学校」に電話をかけたら、入校に関して資格は問わないと言われた。送ってもらった案内書を見て、模写の藤田吉香と、硬筆画・劇画の山川惣治のふたつの技能課程に申し込んだ。

僕は親の脛かじりの学生であったが、高校二年の時に父の転勤の都合で家族は大阪の豊中から横浜に転居していた。僕は高校の転校が難しかったので家族と離れて豊中で下宿生活を送ることになり、そして高校を卒業すると京都の大谷大学に行ったものだから、四年近くも親元から離れていたことになる。

大学をやめて東京の画塾に入りたいと父に話すと、父は家族と暮らすことを条件に歓迎してくれた。「現代思潮社美学校」の授業料も払ってくれた。大学に行く代わりにもう二年、画塾で親の脛をかじることを許してくれたのである。

これは僕の人生の大きな転機となった。三月に京都の下宿をたたんで横浜の実家に戻った。実家といっても父が借りていた社宅であり、そこに一室を得たのである。その社宅は神奈川区の新子安駅から山手の方に、二〇分くらい歩いて国道を渡った高台にあった。

核家族の川崎家では僕が戻ったことによって、妹と弟と両親の五人家族が揃ったのである。しかし僕にとって関東圏に住むのは初めてである。まったくのお上りさんである。家族以外に知り合いはどこにもいないのである。

哲学者にもなれず、詩人にもなれず、革命家にもなれない、親の脛かじりの孤独でニヒルな自分がいた。この頃によく読んでいたのは、現代思潮社の出版物であるバタイユやサヴィンコフの本だった。

ロシア革命前夜のテロリストの生き方に共感を覚えた。また日本にも大杉栄の仇を打とうとしたギロチン社の青年たちがいたことを、前年刊行された秋山清の『ニヒルとテロル』で知った。僕に彼らのようなテロリストという生き方が可能だろうか。

社会的な能力に恵まれていなくても、なんらかの形でこの世界の役に立ちたいと思っていた。社会の不正に立ち向かってゆくことには、たとえ無能力であっても、自分自身を生贄に捧げるような生き方ができれば可能なのではないか、そう考えていた。

阿部薫のフリージャスのアルバム『解体的交感』を聴きながら、自分を〝否定的媒体〟にするテロリズムに惹かれていた。これは夭折願望とは違う。ロマンティシズムの裏返しのようなものである。「現代思潮社美学校」に行けばどんな展望が開けるのだろう。京都でアテネ・フランセの石膏デッサンに通ったことはあるが、本格的なアートの勉強はしていない。ムンクの描いた『マドンナ』のような絵が描きたいと思ってはいたが、僕に画家になるほどの才能があるだろうか、そこには何が待ち受けているのか、まったく先の読めない未知の世界への船出であった。

第六幕　'69年春

現代思潮社美学校の一期生になる

'69年春・現代思潮社美学校という代物

初年度の「現代思潮社美学校」（一九七五年に「美学校」に改名）は、四谷の文化放送のすぐ近くにあった。

午前中は講師陣のうちのひとりの講義があり、午後から技能課程になるが、ビルのワンフロアー、二部屋の教室をいくつもの課程が分担して利用するために、各技能課程の授業は週に一度であった。

僕は二課程に申し込んだから週二回の授業に出ることができたが、それ以外の日の午後は自由だった。「現代思潮社美学校」は私設の〝画塾〟であって、美術大学のように卒業するための単位をとる必要も、成績を気にする必要もないから、午前中の講義も興味がなければ出なくてもいいのである。

技能をどれだけ修得するかは、それは本人のやる気次第の世界だった。技能は教えを受けて習うものではなく、〝盗むものだ〟と、パンフレットには謳ってあった。

学校といっても、机と椅子とイーゼルといった最小限の設備しかない。その環境の貧弱さは、芸大や美大に入学するための美術予備校と似てはいるが、しかしここは美術大学に入学するための学校ではない。アンチ芸大、アンチ・アカデミズムのアート理念を掲げた異端の講師陣が率いる〝アバンギャルド（前衛的）な〟画塾である。

「現代思潮社美学校」は、現代思潮社を立ち上げた社主の石井恭二が発案し、編集長であった川仁宏が校長になり今泉省彦に声をかけて立案したと聞いている。

川仁宏と今泉省彦は六二年に吉本隆明や谷川雁がはじめた「自立学校」時代からの仲間であった。「自立学校」については、後の項で説明する。今泉省彦は〝ハイレッド・センター〟の仕掛け人といわれている美術家である。〝ハイレッド・センター〟というのは、高松次郎、赤瀬川原平、中西夏之のそれぞれの姓の最初の漢字を「英訳」して組み合わせてアバンギャルドなアート活動を行っていた、六三年に結成されたグループである。

アトリエ教程にはふたつのクラスがあり、中西夏之はそのひとつのクラスの講師だった。もうひとつのクラスの講師は、シュルレアリスムの影響を受けた異端の画家、中村宏である。彼は〝ハイレッド・センター〟には入っていないが、今泉省彦や川仁宏とは、「自立学校」時代からの仲間であった。

赤瀬川原平は講師陣のひとりだったが、初年度は単独の技能課程は持っていなかった。〝ハイレッド・センター〟の中心人物である「レッド」と「センター」のふたりが「現代思潮社美学校」にはいたのである。

「現代思潮社美学校」という代物は、石井恭二の思惑と、〝ハイレッド・センター〟のアーティストたちによるアバンギャルドな活動や〝コンセプチュアル・アート〟の潮流と、六〇年代後半のカウンターカルチャーを登場させた〝時代霊〟とが出会い、それらが渦を巻くようにコラボレーションして生まれたものだ、と現在の僕は考えている。

'69年春・硬筆画の山川惣治との出会い

僕が小学校に入る頃は紙芝居の世界が閉じる最後のシーンだった。紙芝居のおっちゃんの『黄金バット』に、水あめを舐めながら胸を踊らせたひと時もあったが、小学校に入学する頃にはおっちゃんは来なくなっていた。

小学校の低学年の頃に、母の実家の田舎に里帰りした折に小さな貸本屋を見つけた。そこで僕は貸本屋の漫画と初めて出会って読み漁ったが、やがて貸本屋も姿を消していく。

小学校時代の僕は、新聞に連載されていた山川惣治の『少年ケニア』の熱烈なファンだった。しかしその後の漫画から劇画の時代に入ると、山川惣治の「絵物語」も時代に取り残されていった。

紙芝居から貸本漫画の時代を経て「絵物語」も消えていくが、それに代わって「月刊漫画雑誌の時代」がやってくる。男の子向きの月刊漫画雑誌『少年画報』や『少年』は、購読していた友人の家で読ませてもらっていた。

小学校の五年になった五九年の春に、週刊漫画雑誌『少年マガジン』と『少年サンデー』が相次いで創刊されると、その熱烈な愛読者となった。僕はリアルタイムに、「週刊漫画雑誌の時代」の一期生だった。

小学校の六年の夏に父の転勤で京都市から広島市に引っ越すことになった。転校生を羨ましく観ていた自分がついに転校生になったのだった。

白島町に移り住んだが、住居の近くの牛田大橋を渡ったところに貸本屋が一軒あった。一冊、本を借りると五円か一〇円の時代だったが、僕は借りるのでなく、一〇円を払って店内で自由に立ち読みさせてもらえるようにしてもらった。一日に数冊は読めるからである。気に入った漫画家のものはそこであらかた読破することができた。

白島小学校を卒業した後に、再び父の転勤で広島市から大阪の豊中市に引っ越した。豊中一中から府立の桜塚高校に入学した六四年の夏だと記憶するが、高校の近くの岡町駅の商店街にまだ残っていた貸本屋を発見した。

その貸本屋には白土三平の『忍者武芸帳』が全巻揃っていた。それに夢中になっていた頃に、『月刊漫画ガロ』が創刊されたことを知る。僕はそれを東京の青林堂から直接取り寄せて定期購読することにした。それには白土三平の『カムイ伝』が書き下ろしで連載されていたからである。

『カムイ伝』には熱中した。〝差別〟、〝友情〟、〝抵抗〟、〝弱肉強食〟、〝百姓一揆〟、〝忍法〟、〝変異抜刀霞斬り〟。そして〝抜け忍〟となったカムイのサバイバルな生き様。僕は人生を生きる手ほどきの多くを白土三平から受けたといえるだろう。

彼の劇画から唯物史観を学べと語る人もいたが、僕の場合はそのような歴史観というより、大河小説を読むようにして、『カムイ伝』の主人公であるカムイや正助のような、差別社会に抵抗する被差別のアウトサイダーの生き方に感情移入し、かつ憧れたのだった。

カムイの住む非人村の風景は、中学時代に魚を手掴みして遊んでいた千里川の河原によく似ていた。後年、白土三平が戦時中に、その辺りの村落に疎開していたという記事を読んだことがあるが、僕は『カムイ伝』のなかに、それを読む前から入り込んでいたのかもしれない。

僕は『カムイ伝』を『月刊漫画ガロ』でその第一部が終了するまで読み続けた。そこから十七年の中断があったが、『ビッグ・コミック』で第二部が再開されると、中年になってはいたがふたたび購読して、それが終わる二〇〇〇年に至るまで読み続けた。

僕の青春時代の読書体験のなかでも白土三平は、カルロス・カスタネダ、アーシュラ・K・ル＝グウィンとともに、リアルタイムに書き下ろし作品を読み続けた作家のひとりである。

僕のような〝漫画少年〟にとって、山川惣治はゲバラのような漫画界のイコンのひとりだった。山川惣治は六七年に「絵物語」の復活に夢をかけ、自ら「タイガー書房」を立ち上げ、雑誌『バーバリアン』を創刊した。しかしそれは思ったようには売れず、一年に満たないうちに、「タイガー書房」は多額の負債とともに倒産してしまう。

なぜ彼が「現代思潮社美学校」の講師になったのか、その経緯を僕は知らないが、この失意の時期に彼は一年だけ、「現代思潮社美学校」で硬筆画（劇画技能課程）の講師をしたのである。

山川惣治は戦前の紙芝居作家からの叩き上げで、五〇年代には、『少年王者』や『少年ケニヤ』で一時代を築いた「絵物語」の売れっ子作家であったが、浮き沈みの激しい人生を過ごしていた。僕が出会ったころは豪邸を売却し、「絵物語」作家からも退いて、横浜でレストラン経営に身を入れていた時期だった。

僕は彼から丸ペンの使い方を学んだ。しかし学ぶことができたのはそれだけだった。たぶん彼も生徒に教えるものがそれしかなかったのだろうと思う。

山川惣治は特別な思想や哲学でアートを語るタイプではなかった。彼にとって「絵物語」はお金を稼ぐ手段であって、アートとは無縁のものであった。その独特の物語世界は彼の人生であり、他人に教えるようなメソッドなど持ってはいなかったと思う。

僕は正真正銘の〝漫画少年〟であり、将来は漫画を描いてみたいと思っていた。しかし半年ほどは彼のペン画に熱中したものの、やがてその熱は覚めていった。

僕は彼から「絵物語」の手ほどきは受けていない。彼は自分が失敗した世界に若者を勧誘することをためらったのだろうか。それとも僕が彼の授業に興味を失い、途中でドロップアウトしたからだろうか。

いま思うと、もっと何か「盗む」ものがあったと思うが、山川惣治は年齢が僕の父より上の明治生まれの人だったから、そう簡単に懐に潜り込むような気安さはなかった。

'69年春・模写の藤田吉香との出会い

「現代思潮社美学校」の申し込みのパンフには、模写の藤田吉香と細密画の立石鉄臣の紹介が校正ミスで入れ違っていた。これはもう記憶が曖昧だが、細密画のつもりで申し込んだのが手違いで模写になったのだと思う。申し込んだ時点の僕は、立石鉄臣のことも藤田吉香のこともよく知らなかった。

美学校に入学して初めて、自分の申し込んだ技能課程が細密画ではなく模写であったと気付いた。

藤田吉香は、いまでは昭和の具象絵画の巨匠として知られているが、当時はまだ新進の画家だった。

東京芸大を卒業後、苦学して画業の修行を続けながら、六二年にスペインの王立サン・フェルナンド美術アカデミーに留学。プラド美術館に三年にわたって毎日通い続けて、ボッシュの《快楽の園》の模写を完璧にやり遂げ、フランドル技法を習得したのだった。僕が出会う三年前に帰国していて、具象絵画の新進画家の道を歩んでいた。

「現代思潮社美学校」での彼の教程の生徒は十人に満たなかったが、彼は習得してきたフランドル技法を懇切丁寧に指導してくれた。

厚手のシナベニヤの表面に、胡粉と膠を練った下塗り材を何層にも重ねて強固なマチエールの下地を作る。板キャンバスが完成すると、そこに鉛筆で碁盤の目のようなラインを引き、模写をする絵の輪郭を写し取る。鉛筆による輪郭の模写ができると、次は油絵の具のローアンバーを使って陰影をデッサンし、それを立体的に写し取る。

単色のデッサンが完成すると、最後に、カラー絵の具を透明水彩のように何層にも重ねながら色彩の模写に入る。ローアンバーの下地の陰影のデッサンの上に、三原色の絵の具から多彩な色彩をつくり出し、それらをオリジナルに近づくように塗り重ねて模写を完成させるのである。

模写をすることによってフランドル絵画の技法を身につけるというのは、十四世紀のルネッサンス以降のヨーロッパにおける、伝統的な古典絵画の習得法なのである。

フランドル技法では、薄く油絵の具を塗り重ねていくために、この扁平で強固なマチエールは時代が経っても劣化しない。フランドルの名画が現在でも各地の美術館で当時の輝きを放っているのは、そのマチエールの強度に秘密がある。

主に使う三色のカラー絵の具は、イエローオーカーとライトレッドとプルシャンブルーである。それにジンクホワイトとブラックがあれば、それだけで充分である。

画材としては、藤田吉香が愛用しているウィンザー&ニュートン製の油絵の具と、イタチの極細の筆を使用するが、かなり高価ではあったもののわずかな量しか使わないので、それほど材料費はかからなかった。

ボッシュの《快楽の園》の一部をF6サイズの板キャンバスに模写する、それが課題だった。フランスのスキラ社が刊行していた画集を購入してそれをサンプルにした。僕はこの授業に深くのめり込むことになる。

僕より二十歳上の藤田吉香は、無名画家からこれから売れっ子の作家になるその過渡期だった。この年に具象絵画作家の登竜門である安井賞の候補になり、翌年には安井賞を取るだろうといわれていた。実際七〇年に、《春木萬華》で第十三回安井賞を獲得する。苦学して貧乏暮らしを続けてきた苦労が報われて、やっと日の当たるところに出る兆しが見えて来た時期だった。

彼は自分が学んできたことを惜しみなく僕たちに伝えてくれた。一年後に東京芸大の講師になるが、芸大生たちよりも、「現代思潮社美学校」の僕たちの方を、とても親身になって指導してくれたのだった。

アトリエにも招待してくれた。奥さんの久留米料理をご馳走してもらったこともある。彼のアトリエには粗末な筆が置いてあった。彼の技法を盗もうとする輩が多いので、それをカモフラージュのために置いているのだと言っていた。そして、自分はいま岐路に立っている、と友人に話すように打ち明けてくれるのだった。

これから売れっ子の画家の世界に入ってゆけば、画商の奴隷になる人生を送ることになるかもしれない。画家としての自由な探求の道と、金儲けの画家になる道と、さて自分はこれからどちらに向かえばいいのか。いま目の前に金持ちになるチャンスがぶら下がっているのだが……、と彼は語るのだったが、それを聞かされている僕には雲の上の話のようで答えようがなかった。

藤田吉香は朝日新聞の連載小説の挿絵の仕事をしていて、そのギャラが入ると、これでみんなと新宿で飲んでおいで、と僕にポンと一万円の小遣いをくれたり、僕がルネ・ホッケの本『迷宮としての世界』を読んでいると、それを読みたいから譲ってくれと高値で買い取ってくれたりもした。

彼も山川惣治と同じく、「現代思潮社美学校」の中核となっている〝ハイレッド・センター〟グループの講師陣とは異質の存在だった。彼が講師になったのは、まだ流行作家になる前夜の時期であったから、アルバイトのつもりだったのだと思う。

時流に乗ったアートの運動には関わらずに、単独者のタブロー作家になる道を独自に歩み、ヨーロッパ古典の模写の修行に励んできた彼が、絵描きになろうとしている卵から孵ったばかりの雛に対して、自分の青春と重なるものを感じたのか、よき先輩として接してくれたのだった。

藤田吉香は、画家になるには二十年ほどバカになってそれに没頭する以外に道はない、という。その上で、画家になれるかどうかは、その時点で幸運の女神とどう巡り合うかにかかっているのだ、と断言した。

僕がボッシュの模写のキャンバスの端に〝安保反対〟とか〝大学解体〟とか落書きをしているのを彼は面白がってくれていたが、このような優柔不断な、先の見えない人生に迷っている若者に、本当に絵を学ぶことの覚悟を持っているのかと、彼は僕に問うているのだった。

売れっ子作家の道が開け、多忙になった藤田吉香は美学校の講師を三年後に辞めるが、そのとき彼の助手をしていた僕と慎ちゃんに、その気があるなら内弟子にしても良いと言ってくれた。しかしこの人生、いろんなことにチャレンジしたい僕たちはその申し出を断った。

'69年春・現代思潮社美学校の友人たちとの出会い

この模写のクラスで出会った慎ちゃんと助さんとは、とても仲良しな友達になった。慎ちゃんは一歳年下で広島県の出身、僕が小学校六年の時に住んでいた白島町の近くの牛田にある絵画教室から、美大受験に落ちてやってきたのだった。助さんは博多の出身で僕の一年先輩であった。彼は上智大学を中退した「全共闘」崩れだった。

もうひとりの親友のビリは立石鉄臣の細密画教程を専攻していた。彼は富山の出身だが高校時代から東京で暮らしていて、高校を出たあとは一年間ほど新宿で〝フーテン族〟をしていた長髪のヒッピー予備軍だった。

四谷の若葉町にあった美学校から新宿へは歩いて三〇分ほどで行ける距離である。ビリと助さんは新宿をよく知っていたから、ビートルズのメンバーのように四人でつるんで新宿で遊ぶことが日課になった。

新宿の風月堂やゴールデン街やションベン横丁へはよく通った。朧げな記憶だが、風月堂のコーヒーは八〇円で、隣の名曲喫茶ウィーンは確か六〇円だったか。

風月堂にはいつもバッハが流れていて、長髪の若者が多かった。風月堂は国内のヒッピー、〝部族〟発祥の地である。ヒッピーに憧れる僕とビリにとって、風月堂はメッカのような場所だった。

そのよこ隣のウィーンの方はモーツァルトがよくかかっていたが、そこには革マル派の活動家が多かった。その向かいの名曲喫茶「らんぶる」は、どちらかというと中核派が多かったように思う。当時と様相は様変わりしたが、「らんぶる」だけはいまも健在である。

ションベン横丁の通路の入口角の二階にあった定食屋、太閤へはよく通った。鯨カツ定食が一〇〇円くらいだったと記憶する。安い肉といえば鯨肉が流通していた時代だった。キクヤの酎ハイは六〇円だったか。五〇〇円あれば酔って満腹になれる時代だった。新宿に慣れてきて少しお金があるときは、ゴールデン街の逆側の路地にあった「小茶」にも通うようになった。

僕は横浜から通学していたが、ビリは四谷、助さんは下北沢に下宿していた。飲んで遅くなると横浜には帰らずに、彼らの下宿に転がり込む日々が増えていった。助さんは読書家でたいそうな物知りだった。そしてジャズ喫茶巡りが好きだった。彼から僕はジャズを聴く喜びを教えてもらった。

ジョン・コルトレーンは助さんから教わった。コルトレーンにはハマった。ジャズ喫茶でリクエストして彼のアルバムを聴きまくった。『ソウル・トレイン』('58)、『バラード』('62)、『マイ・フェイヴァリット・シングス』('63)、『至上の愛』('64)、『クル・セ・ママ』('65)、『オム』('65)……他にもあるが、どれも名盤揃いで外れることがない。

その甘美な音色とフリーな即興、そしてどこか求道者を思わせる探求心。彼はわずか十年ほどの期間、フリージャズに魂を捧げて疾走し、彗星のように燃え尽きて消滅した。四十歳とはあまりに早い。僕が知った時にはすでに亡くなっていた。

当時、コルトレーンの情報はアルバムのライナー・ノーツで知る程度のものしかなかった。二〇二〇年にNetflixでコルトレーンのドキュメンタリー映画『コルトレーンを追いかけて』(Chasing Trane:

The John Coltrane Documentary, 2016）を観て、ドラッグとジャズのミューズの狭間で彼がいかに苦闘していたのか、そのジャンキー時代の実態を知った。

彼はジャンキーと脱ジャンキーの両側を交互にステップしながら、孤高の聖者の道を歩んでいたのだった。

僕のジャズ熱はコルトレーンから出発して、エルビン・ジョーンズ、エリック・ドルフィー、そしてアルバート・アイラーに至る。アイラーの六四年のアルバム『スピリチュアル・ユニティ』、『スピリッツ』、『ゴースト』は必須の愛聴盤だった。しかしアイラーも七〇年には地上から去ってしまう。

中上健次は『破壊せよ、とアイラーは言った』をこの六九年に出版している。僕も彼と同じ時代の気分を共有し、同じ時代の空気を吸っていた。中上健次は同時代の注目の作家であり、まぎれもない六〇年代後半の〝時代霊〟の熱い伝道者だった。

僕のお気に入りのジャズ喫茶は新宿のDigだった。二階のレストラン「アカシア」でロールキャベツを食べてから、三階のDigに入るのが定番のコースになっていた。Digではおしゃべりが許されない。客はコーヒーを一杯注文すると、あとはひとりで黙々と脳内をジャズの世界に浸すのである。

そこで僕がよくリクエストしたのは、ＥＳＰレーベルから出ていた『パティ・ウォーターズ』だった。静かに瞑想するかのようにジャズ・ピアノを弾き語り、囁くように、ときには叫ぶように錯乱する彼女のヴォーカルに僕は耽溺する、なんという至福の時間だったか。

〝ノンセクト・ラジカル〟の〝ゲバリスタ〟崩れであり、ビートニクに憧れていた孤独な僕の魂に、「現代思潮社美学校」は、魂の交遊ができる友人たちとの出会いの機会を与えてくれた。それは僕にとって、五〇年代のニューヨークで、ボヘミアンたちが集まり、後にビートニクを誕生させたデカダンなサロンと同じようなものであった。僕たち仲良しの四人組について紹介するが、彼らの少し先の未来にも触れて語ることになるだろう。

助さんはものすごい読書家で文学から思想書まで広範囲に読み漁り、その情報をちょっと吃りながら話してくれる決して偉ぶらない兄貴分であった。酒とお喋りが大好きで、七〇年代に入ると新宿の飲み屋「どん底」のカウンター内の深夜バイトなどで食い繋いでいたが、やがて母の住む博多に戻り、趣味の本を集めた古本屋「幻邑堂」を手づくりで立ち上げた。風変わりな古本屋の親父になっても、あの時代と変わらぬ酒と読書を愛する生き方を貫いた。

慎ちゃんは僕たちと出会わなかったら真っ直ぐに絵描きの道に進んだと思う。ピュアで純真な弟分のような存在だったが、早く結婚して子供ができたために、さまざまなバイトに明け暮れる生活者として、絵を描くことよりも飯を食うために苦労を重ねた人生を送ることになる。福生で広島お好み焼きの深夜営業の飲み屋の親父になってからも、美学校時代の交友を大切にしてくれていた。

ビリもちょっと吃り癖があった。なぜビリと名乗っているのか、それはビリッケツのビリだからだよ、と大切にしている秘密を教えてくれた。僕と会ったときはヒッピーの卵だったが、その後も単独者のヒッピーの生き方を貫いた。インド、ネパールからイスタンブールまで、まだアジアン・ハイウェイのあった時代に放浪しながら、日本の骨董品を買い付け、それを扱う雑貨屋を福生につくっていた。ドラッグを誰よりも愛し、壊れた鳥籠の外側への旅を続けていた。僕にとってニール・キャサディのような存在だった。

この僕はというと何だったのだろう。彼らを誘い三里塚などにも出かけていたが、革命遊びは続かなくなる。七〇年半ばには壊れていた社会の鳥籠がほぼ修復され、その内側がものすごいスピードで動き始める。アナーキストでニヒリストの哲学を身に纏っていたが、彼らが留まった鳥籠のエッジではなく、もっと内側の高度経済成長の産業界へ飛び移るために、いくつものアルバイトをしながらドロップインのチャンスを探していた。

この本を書く目的のひとつに、僕の魂の航海で出会った彼ら三人のソウルブラザーへの思い出を記すことがあったが、これで少しだけ目的が果たせたかな……。

'69年春・ペケペケ集団と4・28沖縄デー

中村アトリエ教程の上野治男さんは、東京都立大学を中退して美学校にやって来た僕より二年先輩の「全共闘」崩れだった。僕と上野さんとで、美学校の仲間を募ってデモに参加するグループを立ち上げた。〝ノンセクト・ラジカル〟であり、ダダイストたちの〝ゲバリスタ〟集団である。

僕が呼びかけ文を書いて〝ペケペケ集団〟というネーミングにした。デモでは「安保反対」のシュプレヒコールが飛び交うが、僕らは〝エロス解放〟というシュプレヒコールも発する奇妙な黒ヘルの集団だった。

最初の大規模なデモへの参戦は、四月二十八日の安保・沖縄闘争の街頭デモだった。その日、「新左翼」の最大派閥の中核派は首都制圧・首相官邸占拠という方針を掲げていた。これに対して警視庁は、前日の二十七日に、中核派の上部組織、革共同の本田延嘉書記長を破防法で逮捕している。

中核派は、当日は事前に警察にとどけでたデモではなく、ゲリラ的に街頭闘争を起こすというのである。他の「新左翼」の各セクトもそれに追随する方針であった。しかし具体的にどこでどのように街頭闘争を起こすのか、僕たちはセクトからはみ出た集団のため、良く分からなかった。

とりあえず銀座を目標にするらしいという情報を得て、〝ペケペケ集団〟は新橋の喫茶店に集結、「新左翼」の学生デモ部隊を待つことにした。黒ヘルとタオルは用意していたが、ゲバ棒は持っていない。

夕方、御茶ノ水の医科歯科大に全国から結集したゲバ棒とヘルメットの「新左翼」の学生部隊が、東京駅から高架の線路伝いに新橋へ進撃を始めたという情報が入った。そして山手線をはじめ東海道線などの主要路線を全線マヒさせ、闘いの突破口を開いた。そろそろ新橋駅にやって来るというので、僕たちも新橋駅で合流しようと出陣した。銀座一帯を〝解放区〟にする闘いが始まった。

この新橋駅での衝突は凄まじく、多くの学生や反戦労働者の部隊は逃げ場のない高架線の上で、待ち構えていた機動隊の挟み撃ちに遭った。ここでは機動隊に蹴散らされ、高架線から落ちたり、ジュラルミンの盾で頭を割られたりして、多数の逮捕者とかなりの怪我人が出た。

新橋駅では蹴散らされたものの、逮捕を免れた学生や労働者や高校生の部隊は数寄屋橋を目指してゲリラ的に街頭闘争を繰り広げるという展開になった。潜伏していた僕たちのような〝ノンセクト・ラジカル〟の集団も、どこからともなく結集してきて合流。そして夕刻には銀座を解放区にしてバリケードを築いたのである。

短い時間にすぎなかったが、数万人（警察発表では七七〇〇人となっているが、その三倍くらいの若者が参加していたと思う）の「新左翼」の学生や労働者の烏合の衆が、六八年五月の〝パリ・カルチェラタン〟のような〝解放区〟を首都につくり出したのである。

〝解放区〟のバリケードのなかでは、〝パリ・カルチェラタン〟にも参加したというフランス人青年とも出会い意気投合した。しかしそれからまもなく、それを撤去する機動隊との衝突が始まり、バリケードをつくっては蹴散らされて逃げ惑うというイタチごっこが深夜にまで及んだ。

ヘルメットとタオルを捨てればただの市民に戻れる。警官の職務質問に合わないように用心しながら歩いて四谷の学校に戻ると、長髪の頭部を包帯でぐるぐる巻きにされたビリがいた。

新橋駅での攻防のさいに、ジュラルミンの盾で頭を殴られ血だらけになって捕まったが、出血があまりにひどいので警察病院に連れていかれ数針縫ってもらったという。こんな怪我人までは検挙したくなかったのか、逮捕されずに彼は放免されたのだった。

この日のデモでの東京の逮捕者は九六五人だった。警察発表のように七〇〇〇人の参加というなら一割以上を逮捕したことになる。この時には僕のグループのなかからも逮捕者がひとり出た。

「現代思潮社美学校」の川仁宏校長は、六五年に結成されたアナーキストのグループ〝東京行動戦線〟の活動家であった。職員やスタッフもほとんどが六〇年代の活動家であったから、跳ねっ返りの〝ゲバリスタ〟の生徒たちを親身になって世話してくれた。こんな学校は他になかったと思う。

’69年春・催涙弾と福島菊次郎との出会い

これはいつの時期の闘争だったか、4・28の後の初夏のころだと思う。駿河台の明治大学の前で機動隊との衝突が起きた。

まだ神田カルチェラタンにはところどころに敷石があった。角材で上からコツコツと叩くと、それを剥がすことができる。強力な投石用の石が路上のいたるところにあった。

機動隊にとって投石は最大の脅威である。この後まもなく、ヨーロッパの街のような風情のあった神田カルチェラタンの敷石の舗道は、すべて味気ないアスファルトに変えられてしまう。

僕らは〝ペケペケ集団〟で参戦していたが、催涙ガスの集中砲火を浴びて明治大学の構内に逃げ込んだ。催涙弾にはレモン汁を用意すればそれで中和できるという人もいたが、そんな生やさしいものではなかった。

数日後に異変が起きた。一緒に参加していたNさんの顔一面に水疱ができていたのである。僕の場合は、催涙ガスの飛沫の残ったベンチに座った影響なのか、ジーンズをはいていたのだが、お尻がサルのお尻のように真っ赤になってしまった。

催涙弾はデモ鎮圧用に使用されているが、毒ガスと同じ軍事兵器である。成分は秘密にされていたが、当時はベトナムで使われていたものと同じタイプで、ダイオキシンが使われているといわれていた。強烈な発ガン性物質である。

催涙弾の影響だろうとは思われたが、どこで診察してもらえばいいのか。迷った挙句に、三鷹の牟礼診療所に電話で相談した。そこは「新左翼」に理解のあるところで、そこならば事情をわかってもらえるだろうと思ったからである。

診察を受けに行くと、写真家の福島菊次郎が待っていた。そして取材をしたいと言われ、写真をバンバン撮られた。無料で診てはもらえたものの、特別な手当てのしようがないとのことだった。軟膏を塗られて終わりだった。とても治療の効果とは思えないが二週間ほどで症状は消えた。

一カ月くらい後のことだったろうか、月刊雑誌『現代の眼』の巻頭のグラビアページに、福島菊次郎がその時に撮った僕たちの写真が掲載されていた。福島菊次郎はいまでも僕が最も尊敬するカメラマンではあるが、僕たちに対して何の連絡もないままでの掲載だったので、それにはちょっとショックを受けた。あの時の号が僕の当時の資料のどこかにあるはずだが見つけられない。

'69年春・現代思潮社社主、石井恭二との出会い

現代思潮社にアルバイトに行ったことがある。小石川にあった倉庫の本の整理だった。ショックだったのは返品された書物の山だった。倉庫の床に、畳がわりに〝トロ選〟(トロツキー選集)が敷かれていたのにはビックリした。僕はそこでのバイト中、〝トロ選〟を足で踏んづけていたのである。石井恭二が「現代思潮社美学校」をつくろうと思ったのは〝トロ選〟のヒットで資金ができたからだと聞いたことがある。しかしベストセラー倒産という言葉があるように、書店からの注文で大量に出荷しても、売れ残りが多ければ利益は出ない。しばしば大量に返品される憂き目にあうからである。

小売店に置かれている本の多くは小売店の所有物ではなく出版社からの委託品である。岩波書店のような、買切分しか小売店に出荷しないという殿様商法的な出版社はほとんどない。

小売店は、東販や日販といった取次店を通して本を仕入れていて、委託品に関しては、売れ残ったものは返品できるのである。

小売店は売れる本は大量に仕入れて平積みするが、売れ残ったら返品期限が切れないうちに返品する。小売店から取次店に返品された本は、逆の流れで出版社に戻ってくる。取次店は流通に要する費用を出版社に請求するから、小売店からいくら返品されてきてもリスクを負わないという仕組みである。

返品のリスクは出版社が全て負うわけである。返品本はマイナス資産となる。ベストセラーが出れば出版社に大金が転がり込むとはいっても、短いブームが去り大量に返品されれば、その分の出荷時の売上は消えるのである。

増刷するのかどうかの見極めも難しい。出版業界はギャンブルのようなところがある。

出版社に返品された本はよほどの傷物でなければ、やすりがけで化粧し直してから、カバーを取り替えて再び新本として出荷する。アルバイトはそのような本の整理だった。

しかし足下の〝トロ選〟は再出荷の可能性のない傷物の本である。僕のような本のコレクターにとっては、目を覆いたくなるような風景だった。僕は痛んだ本の在庫の棚からこっそりと、バタイユの『エロスの涙』をバイト代の余禄に頂戴した。

この時期の現代思潮社は、「現代思潮社美学校」を創立したものの、本家の出版社の方の資金繰りに苦しんでいたのだった。

現代思潮社は石井恭二が五七年に立ち上げた。朋友の森本和夫から〝どうせ本を出すなら悪い本を出せ〟とのアドバイスを受けて、最初に出版したのが、フランス文学のマルキ・ド・サドの著作、澁澤龍彦訳の『悲惨物語』である。六〇年にその続編として出版されたサドの『悪徳の栄え（続）――ジュリエットの遍歴』が、〝わいせつ文書〟として押収告発される。

石井恭二と渋澤龍彦が被告になり、有名な「サド裁判」が始まる。思想文学が「わいせつ文書」として摘発されたのである。

一審は無罪、二審は罰金刑の有罪、控訴した最高裁では上告棄却。刑法一七五条により六九年十月十五日に有罪が確定した。僕が「現代思潮社美学校」に入学した時はまだ裁判中であった。

「現代思潮社美学校」にはもう一件、係争中の裁判があった。講師であるアーティストの赤瀬川原平の「千円札裁判」である。

六四年に赤瀬川は千円札をコピーして、オブジェとしてのアート作品の素材にしていた。それに関連して、当時出回っていた精巧な偽札使用事件「チ37号事件」の容疑者として取り調べを受けたことがあった。しかし偽札事件とは関連がないことが分かり、赤瀬川は千円札コピーの件で不起訴相当とされていた。

それを『朝日新聞』が特ダネのごとく、〝自称前衛芸術家、赤瀬川原平〟が「チ37号事件」につながる悪質な容疑者である、と報道するのである。

実際の偽札事件、「チ37号事件」は迷宮入りしてしまうが、その代わりに検察は、赤瀬川原平を偽札印刷容疑で起訴するのである。この裁判も最高裁まで争われたが、上告棄却によって、七〇年四月に有罪が確定した。

どちらの裁判も、裁判官は何をもって有罪と決めつけたのか。

〝ポルノ〟か〝偽札〟か。その行為が問われたために、被告側は、その行為を生み出した〝思想〟や〝コンセプト〟や〝アート〟を証拠品として提出して争うことになった。これによってこのふたつの裁判は、〝芸術作品を法が規制できるのか〟と、逆に司法に問いかける裁判となった。

しかし裁判官はそこには一切踏み込まずに、法のレトリックを使って有罪と決めつけたのである。〝文学〟や〝アート〟が〝ポルノ〟であり〝偽札〟であるとされたのである。

現代思潮社がからんだこれらの裁判はどちらもその罪は軽かったとはいえ、敗訴してしまった。司法は〝アート〟や〝文学〟には触れずに、つまり中身を確認することなく、被告の提出した証拠品も検討することなく、〝ポルノ〟や〝偽札〟として断罪したのである。

国家権力が牙を剥けば、国家にとって気に入らない〝思想〟や〝コンセプト〟や〝アート〟は、いつでも排除できると証明して見せたのである。このふたつの裁判は、この国の司法の暗黒ぶりが露呈された裁判として今後も語り継がれるべきである。

石井恭二は元共産党員だったが、「六全協」で共産党を離党するとアナーキズムに傾倒していった。そして現代思潮社を立ち上げて、革命の階段を外された者たちにとっての新たな階段を模索していた、「パルタイ」とは相容れない思想家たちを発掘していくのである。

その最初の試みのひとつが「自立学校」だった。六二年に吉本隆明と詩人で〝工作者〟であった谷川雁が中心となって立ち上げた「自立学校」は、「パルタイ」から離れた論客を講師に迎えて革命思想を研鑽するサロンであった。ここに集った仲間たちの一部が、後に「現代思潮社美学校」設立のスタッフとして再び結集することになる。

石井恭二は思想を語るよりも、出版人として世には知られぬ〝工作者〟の道を選んだのだと思う。現代思潮社は、悪書とされているサドの出版から始まったが、その後に「自立学校」に結集した思想家の本を世に出す目論見が加わった。

彼は二〇〇二年にエッセイ『花には香り本には毒を』(現代思潮新社刊)を出版している。その帯のコピーには、これは編集者が書いたものと思われるが、石井恭二を評して、〝左手にサドの徹底した肉体の実存思想、右手に道元の透徹した唯心思想、脳髄にマルクス〟とある。

石井恭二とはなにものだったのか

現代思潮社の五九―六九年の翻訳本以外の出版目録をあげてみよう。

'59年……梅本勝己『過渡期の意識』、寺田透『詩的なるもの』、黒田寛一『現代における平和と革命』、山田宗睦『現代認識論』、神山圭介『盗賊論』

'60年……森本和夫『文学者の主体と現実』、吉本隆明『異端と正系』、白井健三郎『実存主義と革命』、田川和夫『日本共産党史――神格化された前衛』、埴谷雄高『虚空』、秋山清『日本の反逆思想／アナキズムとテロルの系譜』、武井昭夫『芸術運動の未来像』

'61年……谷川雁『戦闘への招待』、埴谷雄高『不合理ゆえに吾信ず』、梅本勝己『唯物論と主体性』、大島渚『日本の夜と霧』、黒田寛一『社会観の探求』、由利啓『生活の論理』

'62年……吉本隆明『擬制の終焉』、黒田寛一『宇野経済学方法論批判』、中原佑介『ナンセンスの美学』、竹内泰宏『視点と非存在』、澁澤龍彦『神聖受胎』、田島節夫『実存主義と現代』、柴田高好『現代とマルクス主義政治学』

'63年……清水幾多郎『現代の経験』、現代思潮社編集部『サド裁判』、谷川雁『影の越境をめぐって』『原点が存在する』、森崎和江『非所有の所有』、武内芳郎『実存的自由の冒険』、栗田勇『反世界の魔』

'64年……森本和夫『存在の破砕』、対馬忠行『国家資本主義と革命』、平岡正明『韃靼人宣言』、宗谷真爾『生命存在と文学』
'65年……『大杉栄全集』
'66年……岸本健一『日本型社会民主主義』、対馬忠行『マルクス主義とスターリン主義』、内村剛介『呪縛の構造』
'67年……大沢正道『アナキズム思想史』、澁澤龍彦『ホモ・エロティクス』、寺田透『バルザック』、平岡正明『犯罪あるいは革命に関する諸章』、森本和夫『実存主義とマルクス主義』
'68年……中村宏『画集　望遠鏡からの告示』、唐十郎『腰巻お仙』、黒田寛一『ヘーゲルとマルクス』、秋山清『秋山清詩集』、『日本の反逆思想／無政府主義運動小史』
'69年……谷川雁『工作者宣言』、舞踏土方巽＋写真細江英公『鎌鼬』、萩原晋太郎『日本アナキズム労働運動史』

設立からおよそ十年間の、翻訳物を除いた、書き下ろされた出版物をざっと書き出してみたが、これはまだ網羅的なものではない。これらを俯瞰してみると、政治、文学、アート系のジャンルが混在しているが、そこには〝革命の主体とは何か〟を問う思想が通底しているように見える。現代思潮社のこの時代と切り結ぶ精力的な出版活動によって、六〇年代には革命を模索する多様な思想家が出現したのである。現代思潮社という出版社自体が、「脱パルタイ」の革命家たちの運動体であったような時代であり、ここに記した著者以外にも実に多くの人が出入りしていた。

二〇一四年に出版された、当時の現代思潮社の編集スタッフであった陶山幾朗の著書『現代思潮社という閃光』（現代思潮新社刊）のなかに、次のように描写されている。

赤瀬川原平、種村季弘、斎藤龍鳳、片岡啓治、清水多吉、谷川健一、岩渕五郎、木村恒久、広松渉、川仁宏、上野英信、久保田芳太郎、松山俊太郎、足立正生、横尾忠則、中西夏之、巖谷國士、山口健二などの諸氏や、自称革命家、左翼学生、演劇乞食、無名のフーテンなどが現れては消え、消えては現れた。（一部省略）

まさに梁山泊の如くである。その梁山泊の集団のなかから六五年に、石井恭二の肝いりで活動家集団〝東京行動戦線〟が結成される。山口健二、川仁宏、笹本雅敬、松田政男などが参加したアナーキストのグループである。そのメンバーのなかから、日韓条約反対デモで、アンモニア瓶を投げつけようとしたとして、松田政男や山口健二らが逮捕された。それで現代思潮社が家宅捜索をうける。以後、彼らの動向には公安が絡んでくるのである。

後日談だが、十年後に爆弾テロを起こす〝東アジア反日武装戦線〟のメンバーのひとりが、そのとき〝東京行動戦線〟に出入りしていた若者から割り出される。そのことが東アジア反日武装戦線の摘発につながったといわれている。

僕が一期生として入学した「現代思潮社美学校」設立の経緯には、このような、「脱パルタイ」から派生した革命を模索する前史があったのである。

石井恭二の肩書きは出版人で評論家ということになっているが、その埋もれた偉業はあまり知られていない。五〇年代後半からの〝工作者〟としての出版活動、「現代思潮社美学校」の設立、そして晩年の仏教哲学者としての著述活動、その人生を通底しているものはどう評価されているのだろうか。

石井恭二の人生は、革命を模索した多くの挑戦と挫折によって織り成されているかのようにみえる。晩年は隠者のように、青年時代に志した仏教哲学の研鑽と著述活動に入っていくが、そこには、「革命」の主体としての「存在と意識」を問い続けた稀有な求道者の姿が逆光を浴びて浮かび上がってくる。

僕は彼が張り巡らした蜘蛛の巣に絡め取られた蝶であった。

その頃はサヴィンコフのように、ニヒルとテロルを身に纏った自分自身を〝否定的媒体〟として、革命のために自分自身をテロリストとして供儀するような生き方に惹かれていた。少し時代がずれてもう少し早く東京に出てきていたなら、おそらく〝東アジア反日武装戦線〟のメンバーになっていただろう。僕と彼らの考え方は驚くほど似ている。

当時の僕はあまりにもイノセントな夢想家だった。「現代思潮社美学校」に入ったばかりの頃に、僕は辻潤に憧れていると石井恭二に告げたことがあるが、彼はニヤリとしただけだった。

現代思潮社編集長にして美学校の初代校長の川仁宏は、僕にとっては兄貴のような存在であった。彼とは麻雀をしたり、マリファナを吸ったり交遊できる関係になれたが、石井恭二とは世代の壁があり、僕には謎のままであった。

どのような意図で、七〇年の前夜にあのような「現代思潮社美学校」を創ったのか、ついにご本人からは聞きそびれてしまった。

二〇〇三年に川仁宏が亡くなった。

その通夜には、かつての現代思潮社に集った錚々たるメンバーが集まった。記憶に残っている方々だけでも、石井恭二、赤瀬川原平、足立政生、石井満隆、笠井叡、元藤燁子、唐十郎……唐十郎は川仁宏とのエピソードを語り、手向けに『ジョン・シルバー』を朗々と歌った。僕は川仁宏の晩年には彼との交友が途絶えていたが、通夜の末席につらならせてもらった。赤ちゃんの時に会ったことのある彼のご長男O君が立派な青年になっておられた。彼の母上の元気なお顔も久方ぶりに拝見できた。

石井恭二は懇談には加わらず静かにかくしゃくとして鎮座され胸中で川仁宏と語りあっているようだった。

通夜が終わって帰ろうとしたら、僕の新調した靴が見当たらない。探し回っていたら赤瀬川原平が履いているではないか。それ僕のですと言うと、原平さんはニヤニヤしながら、これ僕にぴったりだったのに、と名残惜しそうに返してくれた。さすがトマソン、老人力の達人である。

第七幕　'69年夏

コーラ瓶と紅テント

'69年夏・オン・ザ・ロードとコーラ瓶

僕とビリはこの夏に沖縄に旅をする計画を立てた。僕は前年の夏に日本の最北端の地に立ったから、この夏はできるだけ南端を目指そうと思っていた。ここで少し修正を入れておこう。現在日本の最北端の碑は宗谷岬の先端にある。七四年の測量によって最北端が、礼文島のスコトン岬から宗谷岬に移ったのである。それまで最北端を名乗っていた礼文島のスコトン岬は、現在は最北端改め最北限の地と名乗っている。しかし僕の旅した六八年は、まだ礼文島が最北端だったのである。

ビリの方は、ビートニクな小説に描かれているような〝オン・ザ・ロード〟の旅を始めようという腹だった。フーテン経験のあるビリの方が、僕よりもビートニクやヒッピーについては詳しかった。

僕とビリは連れ立って、沖縄を目指して、ビートニクの連中がやっていたバガボンドの旅をしようというのだ。

その頃の新宿では、まだシンナーを吸っているフーテンの姿をチラホラ見かけたが、フーテンの時代はもう終わった、これからはヒッピーの時代がやってくるとビリは言っていた。シンナーではなくマリファナなんだ、と。

当時はまだ『宝島』や『ローリング・ストーン』のようなサブカル雑誌が登場しておらず、アメリカのヒッピーについての情報は、『話の特集』や『平凡パンチ』のような雑誌から得るものしかなかった。ビリは、植草甚一がアメリカのカウンターカルチャーについて紹介している記事を探してはよく読んでいた。

六七年九月に雑誌『部族』が発刊されていたが、僕たちは部族グループとの交流は持っていなかった。

このころの沖縄はまだ日本に復帰する前で、アメリカの占領統治下にあった。そのために渡航するのには、簡易パスポートにビザを兼ねたような渡航証明書が必要だった。僕の場合、それは横浜の税関に申請すれば手に入る。あとは資金をどう捻り出すかだ。

国内はヒッチハイクで移動するとして、鹿児島から船で那覇に行くことになるが、その船賃が当時は往復で一万円だった。それを含めて三万円ほど捻出すれば、ひと月あまりの旅ができると考えた。それくらいなら、親に頼み込めばなんとか小遣いを上乗せしてもらえるだろう。

僕は寝袋の野宿には慣れていたから宿がなくても問題はない。ビリも元フーテンだったから、新聞紙があればどこででも寝られると言っていた。あとは食事をどう切り詰めるかだった。当時は一ドルが三六〇円の時代だった。沖縄の物価がどの程度なのかはわからなかったが、食事を一日一ドルに切り詰めればなんとかなるだろうと考えた。

ちょうどそのころに新宿の映画館で、トルーマン・カポーティ原作、リチャード・ブルックス監督の映画『冷血』(In Cold Blood, '67)をビリとふたりで観た。その映画には、犯人がヒッチハイクしているときにコーラ瓶を金にかえるシーンがあった。ちょうど日本にコカ・コーラが入ってきて間がない頃で、日本国内では、購入時に確か一一〇円払うが、瓶を返すときにそのデポジット分の一〇円が戻ってくる仕組みだった。牛乳瓶は五円だったように思う。

駄菓子屋の裏にはたいてい空のコーラ瓶がケースに入って積まれていた。瓶を数本くすねるくらいは心はそれほど痛まない。国内でも数十円が手に入ればパンが買えたから、沖縄でもそれができるだろうと考えてほくそ笑んだ。

沖縄は何しろアメリカだから、コーラ瓶は山ほどあるはずだ。

'69年夏・状況劇場日本列島南下公演

僕らがその計画を立てていたときに、唐十郎の状況劇場が「日本列島南下公演」を企画していた。東京からトラックに「紅テント」と劇団員を積みこんで、各大都市で公演をうちながら沖縄まで行くという計画だった。

この国内を移動する「紅テント」という試みは、東京でテントを張る場所が見つけにくくなったことが一因としてあった。それと、唐十郎の考えている「沖縄復帰問題」が絡んでいた。

沖縄を日本人として身体化するためには、移動する「紅テント」一座の河原乞食集団を率いて、テントを積み込んだ大型トラックに乗り込んで、日本列島をヒッピー軍団さながら〝オン・ザ・ロード〟で南下、途中いくつかの地方都市で興行を打ちながら沖縄に入るアイディアだった。自転車操業の劇団としては、そのようにして資金を調達する必要があったのだろう。

唐十郎は明治大学の学生時代に、吉本隆明や谷川雁のはじめた「自立学校」に参加していた筋金入りの、革命思想を身体化した演劇人である。土方巽の暗黒舞踏門下に入ると、金粉ショーが看板のキャバレー巡りをして、「紅テント」購入の資金を稼いだという。叩き上げのアングラ演劇界の〝ゲバリスタ〟である。

この年の一月三日、状況劇場が新宿中央公園で「紅テント」上演をしようとしていたときに、無許可であるという理由で三〇〇人の機動隊が出動、「紅テント」を取り囲んだ。その機動隊の包囲のなかで唐は上演を決行する。そして終演後に唐や李麗仙らの劇団員が逮捕されるという事件が発生した。「状況劇場新宿西口公園事件」である。

それまで「紅テント」が定期的に使用していたのは新宿の花園神社だった。ところが、地元商店連合会などから、状況劇場の芝居は〝公序良俗に反する〟として排斥運動が起こり、花園神社が使えなくなった。そのため止むなく、新宿中央公園でゲリラ的に上演した結果、逮捕されたというわけである。

この時の演目は『腰巻お仙・振袖火事の巻』であった。一説によると、女形の四谷シモン演じるお仙が、〝江戸を火の海にするぞ〟と言い放つのを聞いて、警察はこれはあちこちで騒乱を引き起こしている過激派の学生運動と同じような過激集団だと思い込んだらしい。この事件以降、状況劇場は全国の公共施設から締め出しをくらうのである。

唐十郎は「現代思潮社美学校」の講師だった。彼の『風姿花伝』の講義を受けていたときに、彼から、「日本列島南下公演」を行うつもりだが、京都でいつも上演している三条河原での公演の許可が下りないで困っているという話を聞いた。

それで僕は「京大全共闘」の伝手を利用して、京大の熊野寮の敷地を使用できるように手配した。広島での公演も友人の慎ちゃんに頼んで、牛田にある彼の先生の絵画教室の敷地内に上演できる場所を見つけてもらった。このような経緯で、僕は状況劇場の劇団員ではなかったが、京大の熊野寮での「紅テント」上演の準備を手伝うことになった。

熊野寮での京都公演は京大闘争まっただなかの学生たちも観に来てくれて、大入りで大成功だった。このときの演目が何であったか思い出せないが、四谷シモンは参加していなかったものの、腰巻お仙を演じた代役の麿赤兒の怪演ぶりは今も目に焼き付いている。「紅テント」のフィナーレは、テントの壁が倒れて借景が現実世界に連れ戻すという演出が定番だが、この時は三条河原ではなかったものの、叡山がいつも以上に輝いて見えた。

麿赤兒や李麗仙は、唐十郎と同じ土方巽の暗黒舞踏の門下生である。まだ〝ブトー〟という言葉は一般化していなかったが、彼らは筋金入りのアングラ界の〝ブトー〟役者を任じていた。

僕は寺山修司の天井桟敷は観ていたが、状況劇場の芝居はことのときが初めてだった。その面白さと迫力に圧倒された。唐十郎の書いたカタルシスを引き起こすドラマを、アングラ・スピリッツを纏った、〝ビートニク〟な股旅稼業の河原乞食たちが、情念をたぎらせた肉体で演じるのである。

'69年夏・ヒッチハイクと長髪

沖縄旅行のために、僕は状況劇場の京都公演にあわせて、ビリと京都で合流することにしていた。ビリはやってきたが、家庭の事情で戸籍が複雑なために、渡航許可証の入手に手間取りまだ手に入れていなかった。

ビリは、渡航許可証を手に入れたら鹿児島駅で合流しようと僕に伝え終わると、実家のある富山に戻って行った。それで僕は一足先に、ひとりでヒッチハイクしながら鹿児島に向かうことになった。

ヒッチハイクは今でもあまり見かけないが、当時もそれほどポピュラーなものではなかった。長距離をヒッチハイクするには、高速道路の入口近くで運送関係のトラックを狙うのが一番てっとり早い。しかし大手の運送会社は事故が起きた場合のことを危惧して、ヒッチハイカーを乗せてはいけないという社内規則があった。ところが一匹狼的なトラック野郎の場合は、孤独な長距離の運転中の話し相手になるからなのだろう、乗せてくれるチャンスがあった。

僕はストレートな髪型の長髪族だったから、女だと思って乗せてくれる時もある。なんだぁ、男かよ、とがっかりさせることになるが、親切な運ちゃんに出会うとご飯を奢ってもらえることもあった。

そうは言っても、ヒッチハイカーを乗せてくれるドライバーに出会うには結構な時間がかかるのである。ヒッチハイクで車を乗り継ぎしながら、広島や熊本では、美学校の友人や「象徴の会」の友人のところに泊めてもらいながら、数日かけて鹿児島駅にたどり着いた。

そのころは男の長髪がまだ珍しかった。東京や京都でも少なかったが、地方都市では皆無といっていいほど長髪の男性はいなかった。そのために田舎では、僕の長髪を見て、お前は〝男なのか〟とびっくりされることが多く、そこには何か異様なものを見てしまったという警戒の目付きがあった。アメリカのヒッピーにとっての長髪は、〝カウンターカルチャー〟という異文化のシンボルのようなものである。現代では誰も男の長髪に異様さを感じることはないが、六九年の日本ではまったく違った。

七〇年にデニス・ホッパー監督の映画『イージー・ライダー』(Easy Rider) が公開されるが、そのなかでのバイカーを撃ち殺す側の男の目線と似たものを僕はそこに感じたのである。

一般社会の白い目に晒されるというのは、ヒッピーの世界に参入する際の最初の洗礼のようなものである。しかし七〇年代に入ると、男の長髪は珍しくなくなってくる。わずか一年で時代の文化状況は大きく変化するのである。

鹿児島では西郷どんが腹を切った場所を訪ねた。最初は友人の家に世話になっていたが、家人に歓迎されていないようだったから鹿児島駅で寝ることにした。鹿児島駅は終電が終わっても構内から追い出されることはなかった。寝ていると、深夜に大型台風の直撃を受けて、屋根の一部が吹き飛んだのにはびっくりした。

大型台風が過ぎ去った頃に、ビリと状況劇場の「紅テント」一座のトラックがやって来た。僕たちは再開した航路で一緒に那覇に向かうことになった。桜島を見ながら鹿児島港を静かに出港する甲板にいたとき、唐さん(ここからは「さん」付けにします)から、スタッフが少ないので那覇に着いたら公演を手伝ってくれないか、と頼まれた。沖縄での計画は白紙だったから、僕とビリは臨時の状況劇場スタッフになることを快く引き受けた。

ビリの長髪は巻き毛だった。そのとき唐さんはビリのことを、〝モーツァルトみたいだね〟と僕に告げた。

なぜ自分が長髪にしたかという理由をビリは、ホモの誘いを避けるためだと語っていた。フーテン時代に親切な男性が近づいてくる場合、たいていはゲイ・ハンターだったという。僕と違って、彼はゲイに狙われやすいタイプのスウィートな顔立ちだった。

唐さんはバイセクシュアルのタイプだったから、ビリのことを気に入っていたのかもしれない。ビリにもバイセクシュアルな面があった。

ビリとふたりでビートニクな旅をしていると、僕たちはゲイのカップルのように見えたかもしれない。しかし僕はその方面には疎いストレートなタイプである。ビリとホモセクシュアルな関係にはならなかった。

那覇までの航路は、夕方に出航して翌日の朝に着く。僕たちはもちろん三等席である地下の大部屋に雑魚寝する。大きな浴場もあり、久しぶりに入浴できた。夕食には一皿のカレーライスが出た。

翌朝は日本円をドルに換金して、いよいよアメリカの一部である沖縄に上陸するのである。

上陸に際して状況劇場の一行と同行できたのは、行き当たりばったりの旅を考えていた僕とビリにとってはラッキーな門出だった。

'69年夏・紅テント那覇公演の巻

那覇公演のために状況劇場の面々が滞在する一週間、ビリと僕は状況劇場のスタッフとして働くことになった。

僕たちは東町の国際ボウリング場の駐車場に紅テントを立てるのを手伝ったり、国際通りでチラシを配ったり、メンバー全員の食事をつくったり、時には上演時の幕引きを担当したりした。

日本国内での行政の「紅テント」に対する白い目のようなものは沖縄にはまったくなく、ジャーナリストも取材に来て、歓迎ムードだった。

状況劇場の劇団員の食事は一日二食に決められていた。献立は一汁一菜。白米と野菜炒めと味噌汁にタクアンを付けたものである。食事係は平役者と僕たちの当番制であった。一日に一度は食事当番が回ってくる。

メンバーは二十人近くいたが、食事は唐さんも含めて全員平等に食卓を囲んで食べるのである。最初の一膳飯を早く食べ終わると、数人分だけはご飯のお代わりができる。腹減らしの僕はいつもお代わり組であった。

先に話したコカ・コーラ瓶を金に換えるシステムは沖縄にはなかった。コーラ瓶はいたるところに転がっていて、それが僕には宝の山のように見えたが、沖縄ではただのゴミでしかなかった。

僕とビリにとって「紅テント」の居候はありがたかった。手伝いのバイト代はでなかったが、食客として一週間の食事代が節約できた上に、「紅テント」にも寝泊まりできたから、野宿の苦労をしなくて済んだ。

李麗仙は韓国籍のためビザの発行が遅れ、那覇での初演には間に合わなかったが、コザ公演から出演できた。その時は、〝李麗仙来たる〟という地元紙の号外が出て彼女は大喜びしていた。

本土から珍しいアングラ劇団が来たというので、沖縄では初公演ながら客の入りは連日満員で、みんな一安心した。

状況劇場の役者陣は、唐さんが主役で李麗仙がヒロイン。脇を固めていた中堅クラスには、四谷シモンはこのときはいなかったものの、麿赤兒、不破万作、大久保鷹に十貫寺梅軒らの面子が揃っていた。彼らは状況劇場の幹部クラスである。それに若手の端役者が数人いたが、彼らの名前は思い出せない。

演劇業界は徒弟制度のヒエラルキアの世界であった。状況劇場もそれに漏れず、幹部クラスと平役者の間には極端な階級差があった。全ては唐さんが組長として、ヒエラルキアのトップとして仕切っていた。李麗仙は貫禄のある姉御だった。

僕とビリは劇団員ではなく、人手が必要な時に手伝うという部外者であったから、ヒエラルキアの外で気楽な食客でいることができた。

この時の「日本列島南下公演」のことを誰かが記録していると、二〇〇三年のことになるが、川仁宏の通夜の席で再会した唐さんから直接に聞いた。しかしそのときの僕はしこたま酔っていて、聞いたという記憶は残っているものの、誰がどこに記録しているのか、唐さんから聞いたはずなのにその記憶がない。それがどこかにあればぜひ読んで見たいと思う。この僕のレポートは門外漢の寸描に過ぎない。

二〇〇〇年の夏に久しぶりに那覇に行った折に、県立図書館に行ってある古い新聞記事を探したことがある。目当てのものを見つけることは叶わなかったが、そのときに状況劇場の那覇公演の稽古を取材した記事を見つけた。

いま手元にその記事のコピーがある。六九年の八月二十六日付の、『琉球新報』の三面記事である。

写真付きの記事の見出しには、「ハプニングいっぱい〜アングラ劇団が公開げいこ〜真面目人間の内面あばく」とあり、七十人以上の人が公開げいこを観に来てテントに入りきれなかった、と書いてある。

公演の出し物は『腰巻お仙〜義理人情いろはにほへと篇』とある。僕が京都で観たのもこれだったのか。後で知ったが、これは状況劇場を立ち上げた時の演目であり、初公演の沖縄では自分たちの原点を見せたいと唐さんは考えたのだ。

唐さんは、「これは重喜劇で、ケラケラ笑った後で、ハッと気がついて自分の痛みを案じるという、シリアスな笑いの方法です」、「このテントは女の子宮です。そのなかで役者と観客、人間と人間が対話をするわけです。想像力はコンプレックスの所産だと考えています……」と語っている。

また「日本列島南下公演」は、東京を振り出しにして、いろんな地方都市で公演をうってきたが、「それらは全て沖縄公演を実現したいが故の方法だった」と唐さんは告白している。僕は幸運にも、唐さんの「日本列島南下公演」の最終目的地である沖縄での公演を手伝うことができたのだった。

記憶が曖昧だったが、二十九日までが那覇で、三十、三十一日がコザの予定と書かれている。全体で五回の公演だったように思う。公開げいこでこれだけの記事になっているのだから、公演の記事もきっとあると思う。

この文章を書いた後に、実家の書棚から、この年に天声出版から出版された唐さんの『ジョン・シルバー』を発見した。開いてみるとB４の四つに折ったチラシが挟み込んであった。なんと、「日本列島南下公演」のときのチラシ「紅テント劇場・日本南下興行！」だった。

江戸革命前夜のモスクワはきっと河原だ。……観客にとって、劇的体験とは、見ることによって、たとえ自分の足場が急転するとしても、いさぎよく、その時代の生の極限状況に自分を投企してみようと決断する、あの悲劇願望以外の何ものでもない。……芝居者を遊行民族といっているのだが、親も家も捨てたゴロツキの群である。

唐さんのコピーは見事なアジテーションである。

チラシから判明したが、京都で僕が観た演題は沖縄と同じ『腰巻お仙〜義理人情いろはにほへと篇』だった。チラシでは、京都公演は八月の五日から九日までの五日間の公演となっている。興行日程表を見ると、東京での八月一日から三日にかけての上演を皮切りに、浜松、名古屋、京都、広島、福岡と南下して、八月二十四日の那覇に至る行程が記載されている。

これには、二十四、二十五、二十六日が那覇で、二十七、二十八、二十九日がコザと記されているが、実際には台風の影響もあり、すでに三日ほど日程がずれ込んでいた。

この南下公演が終わり日本に逆上陸すると、今度は出し物を『腰巻お仙〜振袖火事の巻』に切り替えて、福岡、京都、名古屋、東京と、北上公演を打つことになっている。

さすがに河原乞食の商魂はたくましい限りだ。八月から九月の二カ月間で、四十六公演が予定されているのである。ドサまわりの河原乞食の興行の自転車操業ぶりが垣間見える。

気になったのは、チラシの印刷に間に合わなかったのか、振り出しと上がりの東京公演の会場がどちらも未定となっていることである。どこで行われたのだろう。

当時の入場料は五〇〇円、開演は七時から。これはどこも同じであった。

「紅テント」一座は国内に戻っていったが、僕とビリはこれから野宿しながらどこに向かうか、ノーアイディアであった。

沖縄の人と友人になるにはどうすればいいのか。

犬も歩けば棒に当たる。それしかないだろう。

第八幕　'69年夏

アメリカ世《ゆ》のオキナワ

'69年夏・ウチナンチュとの出会い

アメリカ占領下の沖縄を、戦前や復帰後の沖縄と区別するために、ここからオキナワと表記することにする。

アメリカからのオキナワ返還は七二年の五月十五日である。

僕が旅をしたのは復帰三年前のアメリカ占領下のオキナワであった。アメリカに占領されていた時代のオキナワを「アメリカ世《ゆ》」と言う。

オキナワのことは、ほとんど何も勉強をしてこなかった。アメリカだからドルが必要なことと、車が左ハンドルで歩行者は左側を歩くくらいの知識は持っていたものの、復帰前のオキナワの情報が国内では極端に少なかった。オキナワのウチナンチュが実際にどのような暮らしをしているのか、よくわからなかった。

ウチナンチュというのは、本土の日本人であるヤマトンチューに対して、〝沖縄人〟と言う意味の琉球語を語源にした沖縄方言である。狭義の意味は沖縄本島の人を指す。

復帰前のオキナワを観光で訪れる本土の日本人は少なかった。

ウチナンチュには、僕がウチナンチュでないことが一目でわかるらしい。彼らからは、まず最初に、おまえは〝本土から来たのか〟と訊かれることが多いが、〝本土〟という言葉を僕はその時に初めて耳にした。

ウチナンチュがヤマトンチューを見る目は、日本本土では見かけることのないものだった。ウチナンチュとヤマトンチューであることの間には、民族差とまではいえないものの、明らかな文化的アイデンティティの線引きがあった。

僕は沖縄の歴史を深く勉強せずにやって来たものだから、自分がヤマトンチューであるという自覚がなかった。

ウチナンチュは、僕とビリが長髪であることはあまり気に留めなかった。髪の毛の長いウチナンチュの男性は見かけなかったが、彼らはヤマトンチューがどんな風体をしていても、それほど気にはならなかったのだろうか。ベトナムの戦場と行き来しているアメリカ兵が我が物顔に街中を闊歩していたから、異文化に目が慣らされていたのかもしれない。

オキナワではヒッピーを見かけなかった。僕たちをヒッピーだと理解していたわけではないだろうに、男なのになぜ女のように髪が長いのか、という質問は実際、誰もしてこなかった。

ウチナンチュにとって、ヤマトンチューに対してそのような質問をするのは、はしたないことだと思っていたのだろうか。

なぜなのか気にはなっているが、その答えを僕は知らないままでいる。

六九年にアメリカの大統領はジョンソンからニクソンに変わったが、アメリカ政府にとってのオキナワが、ベトナム戦時体制において重要な「後方基地」の役目を担っていることに変わりはなかった。当時のオキナワは不沈空母と呼ばれていた。「後方基地」というのは、前線から休暇で戻って来る兵士が、地獄の匂いを拭うためにつかの間の命の洗濯をする場所である。「アメリカ世」のオキナワの、米軍基地のあるコザやキンの米兵相手の歓楽街は、酒と女と麻薬に溢れた不夜城であった。

徴兵されたアメリカ兵の多くは、田舎育ちの世間知らずの若者である。アメリカ兵にとってオキナワは、戦場のベトナムと直結した治外法権のアメリカである。そのために、アメリカ兵の引き起こす強姦やひき逃げなどの凶悪犯罪が頻発していた。兵士を監視するために、MP（軍警察）やCID（アメリカ陸軍犯罪捜査司令部）が目を光らせてはいたが、その当時は年間、約一〇〇〇件の凶悪事件が発生していたのである。

ところがオキナワの警察は、アメリカ兵の犯罪には関与できないために、そのほとんどは検挙もされず立件もされていなかった。たとえ兵士が強姦したりひき逃げをしても、アメリカ軍のなかで処理されることになって、その大半は無罪放免になってしまうのであった。

三年間続いた北ベトナムへの北爆は、六八年にジョンソン大統領が中止を表明したが、しかしニクソン政権の時代に入ると、今度はカンボジアやラオスへの侵攻が始まり戦線がさらに拡大する。ジョンソン時代以上に爆撃が強化され、嘉手納基地から連日、B52爆撃機が飛び立っていた。

オキナワ返還の話題が出始めた時期であったため、本土のメディアはB52が連日飛び立っていることをうやむやにしていたが、僕はしっかりとこの目で確認することができた。もしこのままオキナワが返還されたなら、国内から外地に向かって爆撃機が飛び立ち、核兵器も配備されることになるだろうと思った。

アメリカ政府はオキナワに核が配備されていることを否定していたが、僕は基地にいる米兵から実際には核が配備されていることを教えられた。その照準の一つは東京に合わせられているんだよ、と嘘か誠かその米兵は脅かすように言った。〝東京に照準〟はともかく、実際に核が配備されていたことは後に判明する。

ウチナンチュは太平洋戦争の終盤に、日本の本土を守るための捨て駒にされた。そして戦後は、サンフランシスコ平和条約で独立を認められた日本からふたたび見捨てられる。

アメリカ軍の本土上陸をすこしでも遅らせる時間稼ぎのために、死んでいったウチナンチュの兵士や一般住民は、これでは犬死ではないか。島全体が戦火に覆われた沖縄戦では、兵士と同数の一般住民が犠牲になっているのである。

本来は国民を守るべき日本の皇軍兵士が、国民を守るよりも天皇を守るために、さらには玉砕戦を遂行するために、ウチナンチュの一般住民に多大な犠牲を強いたのであった。

戦場となった沖縄はその壊滅的な破局から、アメリカの軍政下で戦後復興を果たしたものの、祖国復帰は認められず、太平洋戦争の戦利品のようにアメリカに占領されたのである。

米軍占領下のウチナンチュは、軍の所有物のような二等級市民として、アメリカ人とは認められず日本人とも認められないままに、「アメリカ世」を生きることを余儀なくされていたのである。

このために、ウチナンチュのアイデンティティは複雑であった。この時代のウチナンチュは自分たちの意思とは関係なく、戦争の基地としてアメリカのもたらす戦争特需のおこぼれにあずかって、「アメリカ世」を甘んじて受け入れるしかなかったのだった。

現在でも沖縄本島の一五パーセントを米軍基地が占めている。そして日本の米軍基地の七〇パーセントがいまも沖縄に集中している。日本に復帰して半世紀以上になろうとする現在も、米軍基地をめぐるこの状況は変わっていない。

日本政府と沖縄県との間で争われて来た米軍普天間基地の「辺野古の移設問題」の根は深いのである。それを知ってもらうために一本の映画を紹介しようと思う。

三上智恵監督の二〇一五年度の作品『戦場《いくさば》ぬ止《とぅどぅ》み』である。辺野古問題は米軍基地を新設するというだけの問題ではなく、日本人が沖縄人との関係を真に対等に見ることができているのかという、ヤマトンチュー側の意識のレベルが問われている問題でもあるのである。

国が計画している新基地は、普天間の代替施設と説明されているが、その実態はオスプレイが一〇〇機駐留し、岸壁には大型揚陸艦の接岸が可能な基地機能が強化された、〝新たな戦争〟を想定した米海兵隊の巨大な出撃基地の新設なのである。

この問題をどう考えるのか。

ヤマトンチューの政治家は、ウチナンチュに対して、自分は嘘をつかない同じ人間であることを証明してから発言して欲しい。

'69年夏・ピース・サインとベトナム反戦運動

このころアメリカ本土では、ベトナム反戦運動が盛り上がっていた。その中心には、反戦運動とカウンターカルチャーが結びついた愛と平和の革命のヒッピー・ムーヴメントがあった。

人差し指と中指でつくるVのマークの「ピース・サイン」は、戦争の勝利を祝うVictoryのVの字サインと混同しやすいが、ヒッピーたちのVの「ピース・サイン」は、丸に鳥の足跡を逆さまにした〝ピース・マーク〟と連動した反戦のシンボルである。

そのころ目にした『朝日新聞』の記事のなかに、ベトナムの戦場で戦車の前でVサインをしているアメリカ兵の写真があり、そのキャプションには、「勝利のV字サインを掲げるアメリカ兵」と記載されていた。実際は、戦争をしたくないという逆の意味の「ピース・サイン」を彼らは出していたのである。

七七年九月に、横浜の住宅地に米軍海兵隊のジェット機が墜落して幼い子供ふたりが犠牲になり、大やけどから生還した母親もその四年後に亡くなるという痛ましい事故、「横浜米軍機墜落事件」が起きた。

その事件の翌日に、アメリカ軍がエンジンなどを回収する現場を、丘の上から隠れて見ていた黒人兵の写真を日本の新聞がスクープとして掲載した。その記事には、「この痛ましい事故をあざ笑って勝利のVサインをしている黒人兵士がいた」と書いてあった。しかし実際は、事故の模様を軍に隠れて見にきていた黒人兵が、自分もこの事故を悲しんでいることを伝えるためにだした「ピース・サイン」なのである。

七七年になってもメディアはなぜ兵士がだしている「ピース・サイン」に気がつかないのだろうか。僕のメディアへの不信感がさらに募った事例のひとつである。

その頃のオキナワには長髪の若者はいなかった。そのために僕とビリの長髪は目立っていた。僕はTシャツとジーンズだったが、手製の木製の〝ピース・マーク〟をペンダントにしていたから、本物のヒッピーではなかったものの、アメリカ兵からはヒッピーと認められたのだった。

ヒッピーには実は偽物も本物もない。それはライセンスのいらない自称で充分なのである。僕はまだ自分がヒッピーであることをそれほど自覚していない新参のヒッピーだった、と言うべきか。

国際通りを歩いていると、軍用車で移動中のアメリカ軍の兵士のなかに、仲間に目立たないように、僕たちに対してVの「ピース・サイン」を発して反戦の意思を伝えようとする兵士がかなりいた。

僕たちはそれを受け取ると、受け取った印に僕たちからも目立たないようにVサインで返答する。すると彼らもアイキャッチと笑顔で答えてくれるのである。このようにして、言葉を交わさずに、アメリカ兵とヒッピーは互いにVサインを使っての反戦の意思疎通ができたのだった。

徴兵制の下で仕方なしに兵士にされてベトナムに派兵されているが、何の目的でアメリカはベトナムと戦争をしているのか。その答えが見つからずに、政府に不信感を持っている兵士がかなりいることが伝わってきた。

しかし当時の日本のメディアはそれを理解していないのか、あるいは意図的だったのか、反戦運動はあまり取り上げずに、戦勝気分で意気盛んなアメリカ軍、といった調子の報道ばかりしていた。

ベトナム帰還兵であったオリバー・ストーンが監督した映画『プラトーン』(Platoon)が制作され

たのは八六年である。翌年、アカデミー賞の作品賞を獲得した。自ら志願してベトナムに派兵された監督が、自分の体験をもとに描いたフィクション作品であるが、最下層の捨て駒にされるアメリカ兵の姿が非常にリアルに描かれている。

ベトナム戦争を描いた映画のベスト・ファイブを尋ねられたら、僕はこう答えるだろう。この『プラトーン』に先行して制作されたピーター・デイヴィス監督のドキュメンタリー『ハーツ・アンド・マインズ』(Hearts and Minds,'74)、マイケル・チミノ監督の『ディア・ハンター』(The Deer Hunter,'78)、フランシス・フォード・コッポラ監督の『地獄の黙示録』(Apocalypse Now,'79)、それとスタンリー・キューブリック監督の『フルメタル・ジャケット』(Full Metal Jacket,'87)に、この『プラトーン』を加えた五作品であると。

どの作品もリアルにベトナム戦争を描いているが、そのなかで『プラトーン』が、当時僕が沖縄で出会った少年兵士のその怯えるような表情を最もよく伝えている。

この夏にアメリカ本土ではベトナム反戦運動が盛り上がりをみせ、ヒッピー・ムーヴメントのシンボルとなった〝ウッドストック〟が開催されている。

オキナワのアメリカ軍には、このヒッピー・ムーヴメントに同調した厭戦気分がかなり蔓延している様子が僕の目に飛び込んできたのである。

'67年秋・米空母イントレピッド脱走米兵とベ平連

時代をおよそ二年遡るが、六七年十月十七日、北ベトナム爆撃作戦に参加した後に横須賀に寄港中の米空母イントレピッドから四人の航空兵が脱走する事件が起きた。その日に記者会見した「ベ平連」はその事実を公表する。そしてそのあとに市民による地下組織を立ち上げて、その四人の脱走兵をモスクワ経由で中立国のスウェーデンに亡命させるのである。

「ベ平連」というのは政党のような組織ではなく、ベトナム反戦を旗印に市民が連帯した市民団体だった。その当時事務局長だった吉川勇一さんは、九一年にその著作『市民運動の宿題』のなかでこう書いている。

参加者の思想的な立場は、マルクス主義、プラグマチズム、アナーキズム、社会民主主義、自由主義、戦闘的キリスト教、良心的日和見主義（?）、大衆運動主義と実にさまざまだった。職業や専門分野も、作家、哲学者、数学者、ジャーナリスト、弁護士、高校の歴史教師、失業者、学生といった具合で、そういう顔ぶれがベトナム戦争やデモに限らず、森羅万象を取り上げて、甲論乙駁した。

六七年の学生運動のスタートとなった羽田闘争と、この「ベ平連」のかかわった「イントレピッド脱走米兵事件」は重なるようにして起きている。

イントレピッドの脱走兵たちには日本人の知り合いはいなかった。彼らが日本人と接触するためにやってきたのは新宿の風月堂だった。世界のヒッピーにとって、新宿の風月堂は日本で唯一のよく知られた集合場所だった。そこに行けば反戦思想をもった若者と出会えるだろうと、彼らが思い付いたからである。

新宿の風月堂の前にやってきた脱走兵たちは、そこで偶然に、彼らの英語を理解できる学生に出会った。そしてその学生から連絡を受けたのが「べ平連」だった。計画的な脱走プランなど、脱走兵たちは何も持っていなかった。

羽田闘争と同時期に、脱走米兵たちの受け皿となったこのような目覚めた市民運動の手で、しかも地下活動的なネットワークを使って、アメリカ軍や日本政府の眼をくらまかして、脱走兵をスウェーデンにまで亡命させることができたというのは、特筆されるべきことである。

現在の日本にはこのような脱走兵の受け皿はない。

二〇一三年に、ＮＳＡ（アメリカ国家安全保障局）の職員であったエドワード・スノーデンが、イギリスのメディアに情報をリークする場所に選んだのは香港だった。彼は日本に勤務していて日本の事情には詳しかったが、あえて日本を避けたのである。

六七年当時のスウェーデン政府は、脱走兵を亡命者としては受け入れていなかったが、生活保護者として保護していたために、ベテナム戦争中には延べ二〇〇〇人に及ぶアメリカの脱走兵がスウェーデンに逃げ込んだのである。

それに比べ我が国の場合は、国民は独立国だと思い込んでいるが、日米安保条約が締結されている以上、米国の準同盟国なのである。そのために、脱走兵はすぐに逮捕してアメリカ政府に引き渡すことになる。彼らの亡命を認めることも保護することもしないのである。スノーデンはその事情をよく知っていたから香港を選んだのである。

脱走は、徴兵された兵士が軍規を破る犯罪であり、重罪である。軍法会議にかけられ懲役刑にされるケースもあるが、大半は懲罰部隊にいれられて、より危険な任務を命じられることになる。

しかしそれでも、ベトナム戦争が泥沼化したピークの七一年には、その一年だけで、アメリカ軍から三三〇九四人もの脱走兵がでているのである。しかしそのなかで亡命できた者はほんの一握りに過ぎず、ほとんどは見つかって収監されている。

半世紀以上前に、日本で脱走兵の世話をしたことがある映像ジャーナリストの小山帥人さんが、そのころに世話をしたキャルという十九歳の脱走兵が語ったことを伝えている。

犯罪行為が行われているからだ。脱走という極端な行動をとったのは、アメリカの軍隊が、ぼくの愛する国、アメリカを傷つけているからだ。これがベトナム戦争に抗議するぼくのただひとつの可能な行動なのだ。このことで人々はぼくの抵抗精神に気づくだろう。もしぼくが軍隊のなかでベトナム戦争反対を叫んだら、ぼくは牢に閉じ込められ、人々の目から隠されるだろう。だからぼくは軍隊を脱走し、自分の気持ちをみんなに知らせることに決めた。これが最善の方法だ。

（小山帥人さんのブログより）

'67年春・モハメッド・アリと良心的兵役拒否

兵士になりたくないなら良心的兵役拒否という選択もあるのだが、この場合は、酷い社会的制裁を受けることになる。その一例が、世界ヘビー級チャンピオンだったモハメッド・アリのケースである。ジョンソン政権下の六四年からベトナム戦争最盛期の六六年までは、まだアメリカ国民の五〇パーセント以上が戦争を支持していた。これに冷や水を浴びせたのがモハメッド・アリである。

「オレはベトコンになんの恨みもない。かわいそうな人たちを射殺などしたくないんだ。そんなことをするくらいなら、オレを刑務所にぶちこめばいい」——一九六七年四月二十九日、彼はメディアにこうぶちまけ、良心的兵役拒否を宣言したのである。しかし戦争高揚を図ろうと躍起になっていた白人たちの支配するメディアは彼の発言を酷評、〝臆病者〟と罵り、非国民と決めつけ、彼の社会的地位を踏みにじる報道を続けた。

「良心的兵役拒否」の結果、アリはヘビー級タイトルを剝奪され、ボクシング業界から追放されるのである。六月には兵役拒否を理由に起訴され、懲役五年の判決を受け、莫大な資産を失う羽目となり多額の負債まで背負い込む。政権はこのような社会的制裁を加え、「良心的兵役拒否」をすれば世界チャンピオンでもこうなるのだ、という見せしめにしたのである。

しかしアリのこの勇気と信念が、黒人層の反戦運動を活性化させ、ヒッピー・ムーヴメントの反戦運動とも連動して、マーチン・ルーサー・キング牧師をベトナム戦争賛成から反対に向かわせる一因となったのだった。

このアリの勇気は黒人アスリートをも目覚めさせ、第三幕で述べた、六八年のメキシコ五輪での、トミー・スミスとジョン・カルロス、ピーター・ノーマンによる「ブラックパワー・サリュート」につながるのである。

アリの裁判は七一年に結審する。アメリカ最高裁判所は満場一致でアリへの有罪判決を覆し、無罪にしたのである。アリは裁判には勝ったもののそのブランクは埋め難く、復帰後に世界チャンピオンに奇跡の返り咲きを果たすのだが、そのために連戦を強いられることになり、それが響いてパンチドランカーになってしまう。

晩年にはその影響でパーキンソン病を患い苦しんだ。

モハメッド・アリは良心的兵役拒否によって、時代に先駆けてベトナム反戦運動に多大な影響を与えた真の勇者であった。

'69年夏・コザ暴動が起きる前年の夏

アメリカ国内で起こっていたような反戦運動は、まだこの時点のオキナワでは起きていなかった。ウチナンチュは、いつもじっと我慢するしかなかった。しかしその我慢にも限界があり、それが初めて爆発したのが「コザ暴動」である。

一九七〇年十二月二十日未明のことである。アメリカ軍人が起こした市民ひき逃げ事件をきっかけに、コザ市内で、アメリカ軍の車両および施設に対する焼き討ちを伴った暴動が発生した。この背景の詳細は解明されていないが、これは計画的な反戦運動というよりは、ひき逃げ事件から発生した偶発的な、アメリカ軍の特権、支配に対する鬱憤晴らしのようなケースだと考えられている。

二〇〇八年に出版された馳星周の『弥勒世』は、フィクションの犯罪小説であるが、「アメリカ世」の時代を生きたウチナンチュの精神の内部を見事に活写している。

『弥勒世』は、六〇年代から、七〇年暮れの「コザ暴動」に至る時代が舞台背景になっている。僕が旅をした六九年のオキナワが、あの猥雑なコザの照屋黒人街の風景が蘇る。

この長編小説は、祖国復帰をめぐって、その前夜の時代を駆け抜けたウチナンチュの青年や、ヤクザや、少女たちの、凍えて空っぽになった〝魂〟を描いたピカレスク・ロマンの傑作である。

これを読んだときに僕は、高橋和巳の『邪宗門』を読んだ時の感動が蘇ってきた。高橋和巳は京大文学部助教授（中国文学専攻）だった。しかしこの年の京大の大学紛争では「京大パルチザン」の側に立ったために板挟みにあい、まもなく大学を去ることになる。僕の知る最もドストエフスキーに近い日本の作家だった。

『邪宗門』は、戦前から戦後にかけての大本教への弾圧をモデルにした小説である。当時の僕の心境と主人公の千葉潔の苦悩が重なって、書き下ろしのその最終巻が待ち遠しく、出版される当日に本屋に飛び込んだ記憶がある。残念なことに、高橋和巳は七一年にがんで急死する。まだ四十歳の若さだった。

「紅テント」のコザ公演の時はコザのジャズ喫茶にお世話になったが、それがどこにあったか記憶が定かでない。歩いてコザ十字路に行ける距離だった。そのジャズ喫茶でよく聴いていたのは、エルヴィン・ジョーンズの『ヘヴィ・サウンズ』だった。そのアルバムの『サマータイム』を聴くと、六九年のコザの熱い夏が蘇る。

この場所で一年半後、六時間に及び、八十二台の米軍車両を焼き払った「コザ暴動」が起きるのである。負傷者は八十八人に及んだが、死亡者や生命にかかわるようなけがをした人はなく、周囲の店舗などへの略奪行為もなかった。

コザ暴動からさらに一年半後には、「アメリカ世」が終わる。祖国復帰が実現するのである。しかしながら、七二年五月十五日に「ヤマト世」になったものの、沖縄のアメリカ軍基地は現在もそのまま残り続けている。

そのために、祖国に戻ってもまだ「アメリカ世」が終っていない、本土に復帰しても「ヤマト世」になっていないと考えているウチナンチュはけっして少なくない。

第九幕　'69年夏

初体験

'69年夏・大人になるための初体験

その当時のオキナワには、本土では五七年に施行された売春防止法がなかった。オキナワに着いて数日後、ビリとつれだって往年の花街に向かう。『ガロ』で読んでいた滝田ゆうの漫画『寺島町奇譚』の世界がそこにはまだあった。

もう名前は覚えていないが、波之上の近くにあった辻という遊郭だったと思う。その一角を物色した後に、角にあった大きめの店に登楼した。玄関には姐さんたちが待っていた。客が気に入った姐さんを選ぶのである。僕は少し年配の落ち着いた感じの姐さんを選んだ。

女を買うという感覚より、僕は童貞だったからその道を指導してもらいたかったのだ。彼女について二階に登って招き入れられたのは、中央にベッドがひとつ置かれた生活感のある小さな部屋だった。〝ちょっと間〟が五ドル、少しゆっくりしたければ八ドルだというから、僕は奮発して八ドルを支払った。

どういう段取りかよくわからずに突っ立っていたら、姐さんがベッドに誘ってきた。〝いつも遊んでいるようにすればいいのよ〟と言われたが、遊んだことがないからよくわからない。コンドームもつけたことがないのでつけて貰った。

キスをするような愛撫する行為はだめで、さあ、挿入してと言われたものの、どこを的にすればいいのかも分からない初心者である。誘ってもらって挿入した。イメージしていたものとそう違わない。ペニスにまとわりつく温かいぬめりのある秘所の感覚をその時に初めて覚えた。

ピストン運動に入って射精に及ぶが、愛し合うようなセックスではないから、秘所をお借りしてオナニーをしている気分だった。

若いからまたすぐに勃起する。八ドルだから二回できるのであった。二回目は少し余裕を持ったものの、仕事を早く終わらせるように手玉に取られて射精させられてしまった。

相手をしてくれたのは優しい姐さんだった。しかし、もう一度ここに通うことは願っても叶えられない。僕はいちげんさんのヤマトンチューで、再度来ようと思っても金銭的な余裕がまるでないからである。本当は童貞を捨てた相手ともう少し話したかったが、しかし互いに会話ができるような余裕はそのビジネスにはなかった。

外に出るとビリが待っていてくれた。感想を語り合ったが、ビリは次にくるときはお尻にも入れてみたいと言った。僕はおかまの気がないから、その言っている意味がよくわからなかったが、ストレートのセックスの他にバイセクシュアルの経験も積んでみたいという意味だったのだろうか。ビリからはついにその答えを聞くことはなかった。いまも謎のままである。

僕の場合は、これで童貞とおさらばして、大人になるためのイニシエーションをクリアした気分だった。

これは余談だが、ビリの相手をした姐さんは、昨日は芝居の役者の入道みたいなヤマトンチューの相手をしたと言っていたそうだ。そうか、「紅テント」のMさんもお忍びできていたのか。ビリはMさんとボボ兄弟になったのだった。

'69年夏・愛とセックスの問題と売春考

女性に娼婦と寝たというと軽蔑される。それはどうしてだろうか。買春で女性を買うことがなぜ咎められるのだろうか。売春防止法の犯罪を犯したと見られるからだろうか。

復帰前のオキナワでは、売買春は犯罪でなく正当なビジネスだった。売買春がダーティなものとされるようになったのは、売春防止法によってこのビジネスが〝犯罪化〟されたことが大きな要因であると僕は考えている。

売春防止法ができたからといって、このビジネスがなくなったわけではない。〝闇社会〟の主要産業になっただけである。

いま僕は売春が犯罪化されたから、娼婦という労働がダーティなものとみられるようになったと言ったが、実は売春が合法化されているヨーロッパ諸国においても、売春を生業とするセックス・ワーカーたちの仕事は社会的偏見に晒されている。そのためにこの性労働に対する偏見や差別に対して、セックス・ワーカーの女性たちは、自分たちの仕事はプロフェッショナルな仕事であるとして、その正当性を主張し、行政もそうした問題の改善に取り組んでいる。この性労働に対する偏見や差別には、犯罪の問題とは別に、計り知れないもっと根深いものがあることを認めざるを得ない。

川島雄三監督の名作、五六年の『洲崎パラダイス赤信号』や、五七年の『幕末太陽傳』には遊女の世界が描かれている。監督のメッセージでもあるが、そこにはダーティな闇社会のイメージはない。

五六年の溝口健二監督の『赤線地帯』は、「売春防止法」が成立する直前の花街の内幕を描いている。そこでは、売買春は正当なビジネスとして描かれている。あの時代に映画監督がこぞって売春の世界を描く映画をつくったのはなぜか。滅びて消えていく愛着のある世界を残したかったからではないか。

花街のビジネスは陽のあたるビジネスとはいい難い。もちろんそこに搾取される性が歴然とあることを認めた上でいうのだが、非合法化されるまでは、〝闇社会〟のようなものではなかった。

〝闇社会〟の場合は、性をいかに搾取するかがあらかじめ決められているのである。犯罪ビジネスではしばしば人身売買も伴っている。もとよりそこには人権が存在しない。性労働者は奴隷の身分にされるケースが多い。合法時代にも貧しい少女を喰い物にする悲惨な状況があったことを否定しているのではないが、しかしそれはその時代の社会の歪な構造の産物である。犯罪とは違う。

一般の主婦から見れば、そのような生業を理解できないとしても、それが容認される時代と社会があったのである。「売春防止法」成立以前と以後とでは、売買春に対する意識に大きな変化があることがみて取れる。

しかし犯罪ではないとしても、〝金で女性を買った〟というモラルの問題は残るかもしれない。言い訳をするつもりはないが、そのとき僕が姐さんの人権を犯したとは思わない。互いに納得ずくのビジネスとして、僕はペニスを挿入してセックスの伝授を彼女から受けたのである。金銭のやりとりはいわば授業料のようなものであった。

欲望を満たすためだろうと言われたらそれは否定できないが、その時は欲望よりもセックスのやり方を習うことの方が優先していたのだった。

売買春を卑しい行為とみなす考えはどこから来ているのだろう。売買春行為は、セックスを買った男とセックスを売った女（その逆もある）、愛のないセックスをした男と女という烙印を押されることになるが、その何処が問題なのか。セックスを愛から切り離して貨幣に変換したことがなぜ咎められるのか。

売買春を成立させているのは人間の欲望である。そのために売買春は、人間社会が形成された最初期から存在した最古の職業のひとつだという人もいる。

この国には、貧困のために女郎屋に売られた話もあれば、従軍慰安婦の歴史もある。売買春は戦争や人権の問題とも深く絡んでいる。

自ら望んで売春婦になる女性はいないというが、しかし時代・文化によっては、実に多様な売買春文化の広がりがある。

江戸時代には、花魁の華やかな文化が存在していた。最底辺の階級の女性に、最高クラスの文化が咲き誇っていた、そういう時代もあったのである。

いったいお前は何が言いたいのかと言われそうだが、この売買春のデカダンの美しい花は、時と場所によっては、古代から社会的階級差を超えて咲いている。娼婦が宰相を籠絡して国を治めていた歴史もあるし、王女と娼婦のとりかへばや物語も存在する。

売買春は単一で単純なものではなく、文明史のなかで多種多様で、多層な文化として語られる必要がある。しかしこうした立場が、現代の一般的な価値観からは受け入れられにくいものであることは自認している。

現代の売買春は、男性優位の社会制度において性を物扱いにして来た近代社会の産物である。それを認めた上での話である。

売買春を成立させるためには、生理的な本能的な欲望が存在していなければならない。逆から言えば、欲望は人間を虜にする本能である。

近代の人間にとって、「飲む、打つ、買う」という行為、アルコールとギャンブルとセックスは欲望の三種の神器のようなものである。

ジェンダー史観から見れば、「飲む、打つ、買う」は男社会の産物と観られるかもしれないが、欲望の歴史からみれば、それは男社会に限定されたものではなく、ジェンダー・フリーなのである。文化を、現代のジェンダー史観でプレスして均一なものにしても、欲望をプレスすることはできない。

僕は差別主義者ではない。性に対する暴力や抑圧は一切拒否する。しかし文化は均一なものではなく、司馬遼太郎にいわせれば、本来でこぼこしているものなのである。でこぼこした歪なものの方が彼は自然だという。僕はその多様な文化の歪みにある異質なものもできる限り排除せずに受け取ってみたい。願わくば性の世界には、醜さよりも美しさを発見したい。

僕は独身だったが、夫婦間の場合は、夫婦限定の掟を破ったセックスであるという、モラルが絡む問題が控えている。職業婦人（売春婦）とのセックスは許すが、不倫はご法度だと考えている妻もいる。

この時代は、不倫という、夫婦間以外のセックスはタブー視されている。しかしそのハードルはそれほど高くはない。多くの不倫小説が売れていて、不倫の切なさを歌う演歌も数えきれない。

この国の姦通罪は、戦前は夫が姦通した妻と相手の男を告訴する親告罪であったが、戦後に刑事罰としての姦通罪は廃止された。そのために姦通に対する罪の意識は、儒教文化圏のなかでは極端に低い方である。

一夫一婦制の内側にある愛とセックスから解放された甘美なる不倫は、この国では犯罪でなく、モラルの問題とされている。お互いの不倫を公認する夫婦がいないわけではないが、夫婦間でのセックス以外に公認されているセックスがない世界では、売買春や不倫だけでなく、フリーセックスやバイセックスなどの夫婦間の掟を破る全てのセックスがタブーの領域にある。

なぜフリーセックスがタブーなのか。なぜバイセックスやホモセックスがタブーなのか。なぜ夜這いの風習がタブーになったのか。なぜこの国の若衆文化は失われたのか。

現代のこの国の性文化には、明治以降のヨーロッパ近代の性モラルと、戦後の民主主義とともに伝播されたアメリカ型のプロテスタント的小市民社会の性モラルがその影を落としている。それらに加え、夫婦という閉鎖空間の愛とセックスは、非常に多様な個別で複雑な問題を孕んでいる。

夫婦間のセックスには愛がある。しかしながらこの文言は、あくまで原理原則でしかないのは自明ではないか。言葉にするまでもなく、夫婦間にも愛だけではないセックスが存在している。セックスはお互いの合意で成り立つものだが、表面化しない犯罪的なセックスが、夫婦間で行われているケースも見受けられる。

愛とセックスとモラルの問題というのは、それぞれの時代の文化と関連している多様なものである。しかし一方で、現実社会の表面においては逆に一元化されやすい傾向にある。

あるタレントが〝不倫は文化だ〟と言ったら、メディアから袋叩きにされたケースを覚えている人もいるだろう。こうした一元化がなされることで、さらに多くのタブーが生まれることになる。

世界を眺めれば多様な文化があり、不倫が死罪とされている国もあれば、多妻やフリーセックスが認められている国もあるという時代に僕たちは生きているのである。モラルの一元化は幻想にすぎない。


七〇年代にはヒッピーの文化の影響下にあった。「ピース・サイン」と長髪の他に、フリーセックスとエロスの解放があった。ラブ・アンド・ピースの〝時代霊〟が席捲していたのだ。

僕の青年期には、核家族化とともに家父長制度の退行がそこから拡散して、自由恋愛が花を咲かせるのである。好きになれば直ぐに一緒に暮らすことができる、といった同棲時代が突如出現したのである。

上村一夫が『漫画アクション』に連載した『同棲時代』は七二年に登場するが、あの時代の自由恋愛の気分が非常によく描きこまれている。同棲すれば、未婚であってもセックスを咎められることがない。ラブ・アンド・ピースの時代になれば、結婚するまで童貞と処女でなければならない、といったようなタブーが霧散する。

女性が結婚するまで処女でなければならないという男の幻想は、気がつくと自然になくなっていたのである。男の長髪を誰も気にしなくなったように。

それに乗り遅れないためにも僕は早く大人になりたかった。しかし国内では、売買春は犯罪組織のビジネスになっていたため、戦前のように〝筆下ろし〟をする場所が表向きにはなかったのである。

フリーセックスの流行は、ヒッピー発祥の地であるアメリカだけでなく、世界中に拡散していった。北欧のスウェーデンやイタリアからは、斬新なポルノ映画が登場してくる。

ラブ・アンド・ピース世代のポルノ・バイブルと称されたスウェーデン映画、監督・原案＝ヴィルゴット・シェーマンの『私は好奇心の強い女』("I Am Curious Yellow", '67) は、ドキュメンタリー・タッチの本番・無修正で演出されていたが、主演女優の演じるその解放されたセックスには度肝を抜かれたものである。

マーロン・ブランドのマリア・シュナイダーに対するレイプ・シーンが話題になった、ベルナルド・ベルトルッチ監督の『ラストタンゴ・イン・パリ』(Last Tango in Paris, '72) は実にスキャンダラスな映画だった。

イタリア本国では裁判の結果、有罪になり、上映禁止にされた問題作である。さらに映画の公開後には、ベルトルッチ監督が両主演者から訴えられたが、逆に、時代のタブーを破ったスキャンダルが注目を浴びることになった。

国内でも大島渚監督が阿部定事件を描いた、七六年公開の『愛のコリーダ』が、日本初のハード・コア・ポルノとして話題になった。

役者に本番の濃厚なセックスをやらせた作品である。ポルノ規制を逃れるために、大島は日本で撮影したフィルムを未編集のままフランスに送って編集し、それを逆輸入して、大幅な修正を施したうえで公開したのである。現在では修正のないノーカット版も公開されている。

あの時代のポルノがいつからポルノでなくなったのか。ポルノに関して、司法がいつの間にか心変わりをしたということに注目すれば、わが国の司法が三権分立にはほど遠く、時代によって、政治的配慮で揺れ動いていることがみてとれる。

これらの作品には、夫婦の愛への隷属から自由になったセックスが描かれている。セックスから愛を見れば、愛のあるセックスは極上のものだろう。愛の方からセックスを見れば、セックスのある愛は極上のものである。しかしながら、愛のないセックスも、セックスのない愛も、また極上のものになる可能性を孕んでいるのである。

エロティシズムには、夫婦間の愛も、不倫も、同性愛も、バイセクシュアルも、売買春も区別がない。

解放されたエロスとは何か。その答えは、個々の実存を賭けた「存在と意識」の探求の道と深く重なるだろう。

エロティシズムが、生と死や「変性意識」とも深く関わっていることを、ジョルジュ・バタイユはその著書『エロスの涙』で探求している。

女性と出会う。それは僕にとって神秘と出会うような体験であるといえるだろう。僕にとってエロティシズムは神秘主義と同義だ。セックスはモラルを超えたところで聖なるものとなるが、同時に一瞬にして、天上から堕天使の如く煉獄世界に落下する場合もある。

川端康成やヘンリー・ミラーほどの性の探求者ではないが、僕は節度をもってエロチックに生きたいと希う。モラルや愛からも解放されて……。

'69年夏・マリファナ初体験

ビリと国際通りをぶらついていたら、のっぽの若い白人少年から声をかけられた。最初は何を言っているのかよくわからなかったが、どうやら僕たちにマリファナを売りつけようとしているらしいということがわかった。

マリファナは今回の旅の目的のひとつであったが、僕もビリも本のなかでしか知らない未体験者である。マッチ箱に詰めてあるマリファナを一箱五ドルで買わないか、と言っているらしいことが片言英語のやりとりでどうやら呑み込めた。相場もそのクオリティも確かめようがないが、ビリと相談して、とりあえず試しに一箱だけ買ってみることにした。

マリファナは大麻の葉を乾燥させたものである。それをタバコのようにして吸うのである。本から仕入れた知識としては、巻き紙がない時は「コンサイスがいい」とあった。「コンサイス」というのは某社のコンパクトな英語辞書のことであるが、その辞書はひくよりも、その薄い用紙の方が巻き紙として役に立つのである。そのときは紙タバコをほぐして中身を入れ替えて吸った。

最近ではマリファナ用に専用のキセルも出回っているが、当時はそんなものはなく、シンプルな紙巻が主流だった。そのマリファナをタバコのように紙に巻いたものを〝ジョイント〟と呼んでいる。

ひとりで吸うこともあるが、数人で集団喫煙する時は円陣を組んで、一本の〝ジョイント〟を一服ずつ順番通りに回しながら全員で吸うのである。吸い口の部分を唾でベトベトさせないように、軽く口に当てる。吸うときは、深く吸って肺に入れてからちょっと留めて、それからゆっくりと吐き出す。吸い終わったら、ジョイントの吸い口のところを持って隣に回す。

それを、ティー・セレモニーのような雰囲気でやるのである。そこで一服以上吸うのは、はしたない行為とされている。

最初に吸うとどうなるか。映画『イージー・ライダー』でジャック・ニコルソンの吸うシーンが有名だが、僕がそれを日本で観ることができたのはこの一年先である。

路地裏の人のいない場所で、僕とビリは最初の一服を恐る恐る吸った。吸ったらサイケデリックが起きるものと、初体験のその時には考えていたので、どんな幻覚がいつ現れるか、緊張してその変化を待っていた。しかし何も特別な変化はやってこなかった。

マリファナの「トリップ」は、多幸感を味わいながら、イマジネーションの波乗りをするようなものである。ＬＳＤのようなサイケデリックは起こらないが、このときはそのことを知らなかった。

リラックスして少し瞑想的にしていれば、軽い陶酔感とともに、半分夢見るように、明晰な夢見と想像力の高まりがやってくる。その夢見る意識の波に、サーファーのように乗ることができれば、「変性意識」とまではいかないが、明晰な夢見の世界を、多幸感を味わいながら「トリップ」し、波乗り気分を楽しむことができるのである。

ビリも僕も、最初の一本は緊張していたから、そのような波乗りのコツをつかむことはできなかった。僕の場合は、蝶々が目の前をチラチラ飛んでいるような幻影を見たが、それは幻覚を見たいと期待していたからだろう。

「トリップ」で波乗りをするコツがわからず、僕は幻覚を体験したいという願望の方が強かったから、初体験では肩透かしを食った感じがした。マリファナってシンナーより大したことないな、と思ったり、偽物をつかまされたかな、と勘ぐったりした。しかしそれが標準のクオリティの代物であることは後に判明する。

初心者の場合、このようなマリファナの「トリップ」の乗り損ねはよく起きるのである。

マリファナに含まれている「トリップ」する成分、カンナビスではＬＳＤのような幻覚剤がもたらす「変成意識」を伴うサイケデリックに入ることはないが、リラックスしてやれば「トリップ」には自然に入り込むことができる。

コツといっても特別なテクニックなどなく、恐れや不安といったや変な緊張感を解きほぐすことができれば、あとはボーッとして半分夢見るような感覚に身を任せればいいだけのことである。

逆に、恐れや不安が大きいとうまく波乗りできないだけでなく、「バッド・トリップ」の洗礼を受けることになる。「バッド・トリップ」に入ると、それがどんどんエスカレートして、抜け出そうとしても簡単には抜け出せなくなる場合がある。

マリファナの初体験のときは、信頼できるガイドか経験者が側にいるにこしたことはない。「バッド・トリップ」の経験も役には立つが、初心者にはお勧めできない。

現代のヨーロッパやアメリカでは、マリファナの個人喫煙で逮捕されるようなことはない。オランダでは「コーヒー・ショップ」というマリファナ喫煙用の喫茶店があり、そこでは誰でも「トリップ」を楽しめる。

タイでは、政府が解禁をアピールするために、各家庭にマリファナ栽培用の種を配給したりもしている。多くの国で合法化したり規制を緩めたりしているが、しかし日本国内では現在でも御禁制品である。

'69年夏・MPに逮捕される初体験

僕にマリファナを売りつけた青年は、小遣い稼ぎでやっている高校生のような素人の売人だった。それが軽犯罪であることは彼も一応理解していたから、こそこそとやってはいたがアルバイトのような感覚だったと思う。

日本国内では、僕の生まれた四八年に、GHQがアメリカから導入した麻薬取締法とともに、「大麻取締法」が新たに制定された。これによって、大麻は麻薬に準じるものとして規制されるようになったが、しかしこの時代のオキナワにそんな法律は存在していない。

日本の本土でも六〇年代には、マリファナの摘発はほとんどされていない。アメリカのようなヒッピー・ムーヴメントが起きなかったのだから、マリファナをやっている日本人もほとんどいなかったのである。

アメリカでは三七年にマリファナの流通が非合法化されたが、南部の黒人たちは自家栽培をして愛好していた。それがジャズマンやビートニクの白人の若者に伝播した。マリファナが全米で爆発的に広がったのは、六〇年代半ばのヒッピー・ムーヴメントからである。

そのころはまだ重罪ではなかったものの、ヒッピーのベトナム反戦運動が起きたことが契機となり、七〇年に入ると、マリファナもLSDと同様に、連邦法で規制されてしまう。

六九年はまだその前夜である。この時期のオキナワでは個人的な喫煙での逮捕者などいない。軍人たちの間でもタバコと同様に喫煙されていた。

売人の青年はアメリカ軍人の息子で基地に住んでいた。人懐こい性格ですぐに友達になった。状況劇場の一行が帰った後のことであるが、彼が、「次の祭日に米軍基地のなかでお祭りがあるので来ないか」と誘ってくれた。それで僕とビリは連れ立って嘉手納米軍基地に入っていった。

そこで開かれていたのは、軍人の家族たちのパーティで、ウチナンチュは招待されていなかったが、彼はヒッピーの友達ができたことを自慢したかったのかもしれない。

パーティを楽しんでいると突然、そこにMPがやってきた。抵抗しなかったので殴られはしなかったが、乱暴に警棒を押し付けられて、理由も告げられずに、犯罪者の如く逮捕されてしまった。

警官を隠語で〝ピッグ〟というが、太った〝ピッグ〟たちは豚のようにわめきながら問答無用の態度で、僕とビリを護送車に押し込んだのである。

軍人とその家族のパーティに、怪しいウチナンチュのヒッピーが紛れ込んでいると、だれかが通報したのだろう。アメリカ人にとって、ウチナンチュとヤマトンチューの区別はない。

まるで映画のようだった。自分がそのアメリカ映画のなかで囚人にされているのである。取調室のようなところに連れて行かれ、英語で尋問されても、僕らにはその英語が理解できない。

そのうち軍のちょっと上の方の黒人兵がやって来た。彼は日本語が堪能で、僕たちを日本語で尋問した。そして僕たちがウチナンチュではなくてヒッピーでもなく、日本からの観光客だとわかると、態度が急に柔らかくなった。

その黒人米兵は、「自分は横須賀に勤務していたことがある、妻は日本人だ、誤解があったようだが、ここは君たちの来るようなところじゃない、すぐに釈放するからもう立ち入らないで欲しい」と告げた。

ちょっと怖い思いをしたが、アメリカ軍がどのようにオキナワを占領しているのか、その実態の一端を体に刻むことができた事件だった。

'69年夏・ロビンソン・クルーソー初体験

「紅テント」がなくなったので僕たちは野宿生活に入ったが、ビリがせっかく沖縄に来たのだから、どこか島に行きたい、と言う。

那覇港に行って、人のあまり住んでいそうのない小さい島を適当に選んだ。一時間半くらいでいけるところだったと記憶するが、その島の名前は思い出せない。

車の道路もない貧しい風情の島だった。ごく小さな船着場があって、その港付近に小さな村落がひとつあった。観光客用の店や食堂も見当たらなかった。

僕らは村落をつっ切って、港からひと山超えたところにある、誰も住んでいない広い草原にたどり着いた。

那覇やコザの街には乞食やホームレスなどいなかった。そのために街で野宿できるような、安心して眠れる場所を見つけるのに難儀した。しかしここなら気兼ねなく野宿できるし、マリファナも好きなだけ吸える。

草原にはオオゴマダラが舞っていた。僕はマリファナを吸って「トリップ」しながら、オオゴマダラを追いかけていた。昆虫少年に戻った気分だった。南方の蝶々に憧れていた高校時代の夢を叶えるために、僕はずだ袋に蝶の採集用の捕虫網と三角缶を忍ばせていたのである。

オオゴマダラは沖縄の「県蝶」で、〝南国の貴婦人〟と呼ばれる日本最大の蝶であり、そこは、それが群棲している夢のような場所だった。オキナワで南の蝶と出会う、これもこの旅の目的のひとつだった。

ビリも昆虫少年だった。僕は蝶専門だったが、彼は甲虫類だった。僕がオオゴマダラを追いかけている時には、ビリは草原で寝そべり、マリファナを吸って「トリップ」していた。

ビリは僕が草原で蝶に夢中になっているそのシーンがよほど印象深かったのか、彼とオキナワの思い出話に興じる時には、いつもこの時の蝶を追いかけている僕について話題にするのだった。

しかしここでの食料はどうすればいいのか。

僕は魚をとればなんとかなると思って、チープな釣り道具を買って持って来ていた。半分くらいは、僕もビリもロビンソン・クルーソーになったみたいな気分だった。

海辺は砂浜で、魚を釣るためには魚のいる深いポイントのあるところに行く必要がある。沖に向かって水中のサンゴ棚を踏んで行き、胸まで浸かりながらサンゴの棚の淵で釣りを始めた。

竹一本の簡易な釣竿である。しかしそこで釣れる魚は、蝶々のようなカラフルな薄っぺらいベラの仲間の小魚ばかりで、腹の足しになるような魚は釣れなかった。

もっと大物のいるところに移動しようとしたその時だった。急に潮流が激しくなってきた。谷川の急流のように、海流が急激に変化しだしたのである。もう死にもの狂いで必死になって、潮流に逆らいながらなんとか岸に戻ることができたが、あともう少しで海の藻屑になるところだった。

島の海域は、潮のタイミングで海が激流のようになることを初めて体験した。そこはマンタが現れるような、潮流の激しく流れるポイントだったのだ。

どうにか膝くらいの浅瀬に戻って来て、石ころのある入り江に足を踏み入れた。なんと足元の石ころと思ったのは、巨大な赤黒いナマコのような生き物だった。それらがぐにゃりと細長く伸びていた。よく見ると、あたり一面を隙間もなく埋め尽くしているのである。

僕は足の踏み場もないお化けナマコの大群のなかに突っ立っているのだった。ギャーと叫びそうになるほどに驚いた。別の惑星の海に来たみたいな気持ちの悪い浅瀬だった。もう踏んづけても気にせずに、脇目も振らず必死に砂浜をめざして走った。

僕は琵琶湖の河川育ちだから海の危険な面には疎いところがある。知らない海に足を踏み入れるのは危険がいっぱいなのである。この時は本当にラッキーだった。

砂浜に座り一息入れていると、砂に光るものが埋まっていた。掘り出してみると、太平洋戦争の遺物と思われる兵士の水筒や錆び付いた薬莢がいくつも見つかった。ここに米軍が敵前上陸したのか定かではないが、海に浮かぶ無数のアメリカの軍艦が、沖縄本島めがけて艦砲射撃をしている幻影が浮かんできた。その遺物を眺めていると、この小さな何もない島も、僕が訪ねた二十四年前は激戦地だったことを彷彿とさせるのである。

砂浜で火を起こして野宿のキャンプである。問題は食料だった。小さい平べったい魚は少しも腹の足しにはならなかった。

お化けナマコが食べられるものかどうかもわからないが、生で食べるのは気持ちが悪いので、火にくべてみた。するとカチカチになってしまい食べることはできなかった。

海岸線にそった防風林に植えてあるのはアダンの木だった。奄美の画家として有名な田中一村が

『アダンの海辺』で描いている、あのパイナップルのような実をつける木である。

その果実を初めて見たとき、パイナップルだぁと思った。しかしパイナップルは畑にできるものである。木にはならない。アダンの実はスナックパインにとても良く似ているが、かじってみるとまったくの別物、これはとても食べられるような物ではなかった。

こんなに自然が豊かなのだから、何か食用になるものがあるはずだと探しまわったが、僕には見つけられなかった。マリファナでは空腹は凌げない。二日目になるとスナック類も食べ尽くして、腹が減ってふらふらになってしまった。海に出て魚釣りをする気力もでない。

三日目の昼には我慢も限界に達し、ふらふらしながら山を越えて港の村落にたどり着き、大き目の家を訪ねて家人に何か食べさせてほしいと頼み込んだ。どうにか人心地を得たものの、こんどは帰りの船がやってこない。どうやら乗客が少なくて欠航しているらしい。

島ではロビンソン・クルーソーにはとてもなれないことを思い知った。人のいないところでマリファナを吸って暮らす夢はものの見事に霧散した。僕たちの持ち金もそろそろ底をついてきたが、街に戻った方がなんとか凌ぎやすいと考えた。

街に戻れば金がなくてもなんとかなるだろう。コザで世話になったジャズ喫茶の入っているビルの屋上で野宿させて貰えるとありがたい。

日本に戻る船賃は、往復の切符があるから大丈夫。鹿児島まで戻れば、あとはヒッチハイクもできるし、コーラ瓶をくすねてパンぐらいは食べられる。なけなしの十数ドルがなくなるまでは、もう少し旅を続けよう。僕とビリはそんなふうに考えていた。

目的のない旅だとしても、引きこもっているわけにはいかない。

ウチナンチュの大人は風変わりなヤマトンチューを警戒しているのか、なかなか気さくな交流ができない。だが、那覇の国際通りやコザの歓楽街を歩けば、ヒッピーの仲間が見つかるかもしれない。犬も歩けば棒に当たると言うから、ふたたび街を徘徊してみようと思い立った。

第十幕　'69年夏

コザ十字路と辺戸岬コミューン

'69年夏・コザ十字路

那覇港に戻るとふたたびコザに向かった。現在、コザは沖縄市となっているが、六九年のコザは米兵たちがたむろする不夜城であった。

嘉手納基地の第二ゲート前に連なるコザゲート通りの夜の賑わいは半端ではなかった。ゾクゾクするような酒と女とドラッグに満ち溢れた米兵御用達の歓楽街には、日本の観光客が遊びで入れるような店は一軒も見当たらない。ところがビリは、ここまできたのだからどこかに入ってみたいという。

金がないから女たちのいる店は避けて、ジャズ・バーになんとか潜り込んだ。しかし店内は黒人兵ばかりで言葉も通じないし、とても日本の新参ヒッピーが馴染める雰囲気ではなかった。

コザ十字路の角にプール・バーがあった。そこでは不良っぽい白人が数人、小銭をかけてナインボールをしていた。ギャンブル場だったが、見ているだけなら金もかからず面白い場所だった。映画のロケに使えるような雰囲気がそこにはあった。

そこにたむろしていると、白人の売人がヤクを売りにきた。路地に連れて行かれて、男はボソッとヘロインを持っていると言った。ヘロインにも興味はあったが、その売人が売りたいブツは個人が使用するためのものではなかった。日本国内に持ち込む密売人相手の卸し商売をやっている連中だった。大量に用意できるから五〇〇〇ドルくらい出せるか、という話である。

そもそも麻薬の密売人になるつもりはなかったし、金も持っていないから無理な相談であったが、その量を聞いて目を丸くした。もしその時点で七〇年に公開された映画『イージー・ライダー』を観ていたら、僕たちも彼らのような密売人になってみるか、とちょっと考えたかもしれない。オキナワといっても、コザ十字路のゲート通りはまるで異国であった。

プール・バーにいた夜半、店にいた白人たちがまるで蜘蛛の子を散らすようにいなくなったときがあった。しばらくすると、ストリートを数人の黒人のグループがのし歩いて来た。

グループを率いていた小太りの男がボスのようだった。彼は背が極端に低かったが、ヤクザの親分のような物凄い貫禄で、小さな細いサングラス越しに上目遣いでぎょろりと僕を睨みつけた。彼の黒い革ジャンには「ブラックパンサー」の文字が入っていた。この辺り一帯は俺が仕切っているのだと言わんばかりだった。

「ブラック・パンサー党」が軍のなかにも勢力を伸ばしていた時期だった。軍内部でも白人兵と黒人兵の間の人種差別的な対立抗争が起きていたから、彼らは黒人兵を擁護するために、このあたりから照屋黒人街一帯の見守りをしている風であった。「ブラック・パンサー」の存在感には圧倒された。

二十年ほど後のこと、レコード会社でジャケットの制作を担当していたときに、ロック歌手の喜屋武マリーと一度だけ仕事をしたことがある。彼女のソロ・アルバム『Burning Blood』のジャケット撮影だった。その撮影スタジオで僕が六九年のコザ十字路を話題にすると、マリーは懐かしそうに、あの頃はコザゲート通りの売れっ子だったのよ、と語った。彼女はハード・ロック・バンドの「Marie with MEDUSA」のヴォーカルとして名を馳せていた、オキナワン・ロックの女王だったのである。

コザには数日間いただけだったが、その時の強烈な印象は一本の映画のように僕の脳内に収蔵されている。

十年ほど前に、コザ十字路のプール・バーのあった、いまは沖縄市となっている再開発された銀天街に行ってみた。ベトナム戦争が産み出したあの狂乱の時代の猥雑な風景は、もう見る影もない寂れた廃墟に様変わりしていた。

路地裏に一軒、再開発から取り残された、当時からやっている古い喫茶店を見つけて入った。老齢のママさんと昔話をしていると、室内の壁に染み付いているあのコザの臭いが微かに漂ってきた。

'69年夏・ジャニーとの出会い

ジャニーとはどこで最初に出会ったのだろう。記憶は曖昧だが、国際通りをビリとふらついているときに、彼の方から声をかけてきた気がする。

ジャニーは僕とビリにとって初めてできたウチナンチュの友人である。僕らがヤマトンチューのヒッピーと知って、大阪のXちゃんを知ってるか、奈良のXちゃんを知ってるか、とジャニーは聞いて来た。本土にヤマトンチューの知り合いがいるようだった。

オキナワでは那覇のXちゃん、コザのXちゃんで通じるかもしれないが、本土ではそれは通じないんだといっても、ジャニーはその理由が飲み込めず、お前はなぜ知らないのかと不審な顔をするのだった。

ジャニーは売人ではなく、沖縄を案内してやろうかと言ってきたのだった。ガイドでもして小遣い稼ぎをするつもりだったのかもしれない。しかしもう僕たちはほとんど文無しで、僕の有り金が一〇ドルをきっていた。

しかし彼は金がなくてもいいという。辺戸岬にヒッピーの仲間がいるので、ぜひ合わせたいと言うのだった。国道が一本走っているとはいえ、辺戸岬は沖縄の最北端、那覇からだと一二〇キロはありそうである。当時は現在のような高速道路もなかった。

ジャニーも一文無しだった。しかし朝出てヒッチハイクをすれば夜までには着くという。男三人の〝オキナワ・オン・ザ・ロード〟の旅である。

腹が減って何か口に入れたかったが、飯屋があっても三人分の食事代は出せない。その頃は、街角で売っている握り飯か稲荷寿司のような、一ドル以内で食べられるものを買い食いしていた。ジャニーにパンでも買ってきてよ、となけなしの小銭を渡すと、彼はパンではなくタバコを買ってきた。パンで腹を満たすよりタバコをみんなで吸い回ししようと言う。僕はアンパンが食いたかったが、アンパンが煙になった。

途中で道路脇のサトウキビ畑からサトウキビを切り取って、それを吸いながらヒッチハイクをするのだが、サトウキビでは腹は満たされない。それに三人だとヒッチハイクもしずらい。途中、ムーンビーチに立ち寄った。そこは高級なプライベート・ビーチになっていた。非常に美しい砂浜だった。ウチナンチュは入れないので遠くから眺めていたが、家族連れのアメリカ人の海水浴客で賑わっていた。このオキナワで一番の美しい砂浜はアメリカ人に占領されているのである。

辺戸岬に向かう道の周りは、所々にサトウキビ畑を見かけたが、ほとんどが原野で集落は少なかった。

何台かの車を乗り継いで辺戸岬に着いた頃には、もうたっぷりと日が暮れていた。ジャニーは展望台の方には行かずに、農地のあぜ道のようなところに分けいって、ひとりでずんずん先に進んでいく。この辺りはハブが多いから気をつけろと言うが、どう気をつければいいのか。ハブは猛毒だから、ガブッとやられたら血清が必要になるはずだ。しかし那覇からこんなに離れていては血清が間に合うわけがない。もう覚悟を決めてついて行くしかなかった。

辺戸岬の西側のあぜ道を数十分ほど歩いて森の茂みのなかを下っていった。森のなかの少し開けた一角に薄ぼんやりと灯りが見えた。雨戸が開放された古い一軒の家と、その逆側に納屋のような小屋が見えてきた。まるでジャングルのなかに突然現れた、アマゾンのインディオの住居のようなところにたどり着いたのだった。そこにジャニーが僕たちに会わせたいというウチナンチュのヒッピーの友人がいるのだ。

小屋に入ると、ウチナンチュの長髪の青年と、美しい少女と、アメリカの白人青年がいた。

僕らは輪になって座り、ジョイントを回しながら自己紹介をした。長髪の青年は僕より少し年下に見えた。

彼は僕に訊ねてきた。ビートルズは好きか、四人のなかで誰が好きか、『ホワイト・アルバム』は聴いたか、と立て続けに聞いてきた。

『ホワイト・アルバム』は半年ほど前にリリースされたばかりのビートルズの十番目のアルバムである。タイトルは『The BEATLES』なのだが、ダブル・アルバムのジャケットの表裏には、シリアルナンバーだけで何も印刷されていない。その型破りの斬新な真っ白のデザインから、正式なタイトル名よりも〝ホワイト・アルバム〟と呼ばれることが多い。

僕はまだサイケデリックの経験がなかったから、ビートルズも真剣に聴いたことがなかった。彼の質問の真意が分からないまま、〝ジョンが好き〟とだけ答えた。それで彼は納得したのか、ジョン・レノンについて語り出した。そして、『ホワイト・アルバム』から多くの啓示を受けていると話してくれた。

僕はヒッピーの格好をしているが、まだサイケデリックの経験のない、マリファナを吸い出したばかりの新参者であることが恥ずかしかった。

彼の質問の真意は、僕にサイケデリックの体験があるかどうかを探ろうということだったのだと思う。そのときの僕は適当にごまかすしかなかった。

長髪の彼はキリと名乗ったが、そばにいる美しい少女は一言も喋らなかった。彼女はサイケデリックによって、ピンク・フロイドのシド・ヴィシャスのように、脳のヒューズが飛んでしまっているようだった。現実を喪失している感じで、意識の向こう側に落ちてしまい、現実に戻ってこれない状態のように思われた。それでキリが少女をケアしているのだということが徐々に飲み込めてきた。少女は常にキリにぴったりと寄り添っていた。

もうひとりの白人青年のトムはベトナムの戦場で地獄を見てきた脱走兵だった。沖縄の嘉手納基地に一時休暇で戻って来て、もうベトナムには戻りたくないから外出したまま基地には帰らずにここに隠れていよう、という風であった。沖縄には彼のような兵士が何人もいるらしく、常にCIDがパトロールして探索していた。

しかし街には隠れるにも隠れるような場所がない。ウチナンチュは米兵を警戒しているために、脱走のサポートをしてくれるような人物を見つけることは難しく、街に逃げ込んでもすぐに見つかってしまうのである。

また脱走するにしても沖縄本島から逃げ出すことは不可能な状況である。捕まれば営倉にぶち込まれて制裁を受けるのはわかりきっている。しかしそうだとしても、戦場に戻りたくないアメリカ兵はそれを承知で、トムのように島のなかで〝かくれんぼ〟をしているのである。

母屋の方にはひとりの老人が住んでいた。泡盛を飲んで気分が乗ると、三線を引いて沖縄民謡を歌っていた。その老人もまた少女と同じく、心ここに在らずの暮らしをしていた。彼は他人に全く関心を示さず自分の世界に籠って、ひとりで暮らしているようだった。

キリが言うには、老人は戦前この国頭村きってのインテリだったそうだ。しかし子供たちを戦死させてしまってからは、記憶が戦前の美しかった時代で止まってしまい、戦後の「オキナワ世」を受け入れない人間になったという。狂人ではないが、正気でもない。記憶喪失の人のような不思議な老人だった。

村人はこの老人を、村とは岬をはさんで反対側にあるこの豚小屋の番屋に、隔離するかのように住まわせているのだった。僕らがいまいる納屋は、元豚小屋だったのである。

老人の話すウチナンチュの言葉はまったく聞き取れなかった。彼は若者や米兵や僕たちを見ても一切無関心であった。そのために、ここはトムのような脱走兵にとっては、軍に知られる心配のない安心できる格好の隠れ家であり、地獄の戦場から遠く離れて平和に暮らせる小さなコミューンであったのだ。

僕が訪ねたときにいた脱走兵はトムだけだったが、土日の休日になると、脱走はしていないものの脱走予備軍のトムの仲間の兵士たちが、軍に見つけられないように用心しながら、支援の食料と情報を携えてやってくるのである。トムも最初は僕たちを警戒してか寡黙だった。

ジャニーは僕たちを案内する約束を果たすと、翌日ひとりで那覇に戻っていった。僕とビリは他にいく当てもなかったので暫くここに滞在することにした。

'69年夏・脱走兵トム

僕は英語がほとんど話せなかった。そのためにトムと会話することは難しかったが、自然に友情のようなものが芽生えてきた。

トムは畦道の脇にある離れの藁小屋にひとりで住んでいた。彼はハブ・ステッキという細長い棒をいつも携えていた。棒の先には丸めた針金がついていて、それでハブを捕獲するのである。僕は小さい頃から蛇がものすごく苦手だった。蛇を見ると身体がすくむのだが、それでも怖いもの見たさで、トムのハブ・ハンティングについていった。

彼はTシャツに、ジーンズを半分ちぎった短パンを履いていた。本物のロビンソン・クルーソーのような風情の、精悍でハンサムで寡黙な男だった。彼の住んでいる藁小屋にもよくハブが出るのだった。

ハブが現れると、ステッキの先でハブの頭を押さえて捕獲するのである。トムは僕に、ハブを捕まえて頭を潰して皮を剥ぐところを見せてくれた。しかし普段は殺すことなく、もうここにはくるなとそのまま放り投げるのだった。もう無益な殺生はしたくないのだろう。

少し離れたところに小川が流れていた。そこをトムと一緒に川伝いに登っている時のことだった。川の真んなかに突き出ている平たい岩の上で、巨大なハブがとぐろを巻いて日向ぼっこをしていた。僕は心臓が止まりそうになるほど驚いた。それほどこの地域にはハブが多い。それで、この周辺は村の人たちも入ってこないのである。僕らのいた元豚小屋はハブに守られているようなものだった。

ある日のこと、入江近くに珍しく漁船が停泊していた。彼の双眼鏡で眺めると、船腹に「久留米丸」と書かれている。日本の九州の漁船だった。それを彼に伝えると、トムは決意したかのように、あの船に頼み込んでここから逃げると言い出した。

そして短パンのまま、必要なものをビニールにくるんでジーンズのポケットに入れ、身の周りのわずかなものを頭の上にくくりつけて、残ったものは好きに持っていっていいよと僕に告げると、グッバイと言って沖に向かって泳ぎ出した。その決断の素早さに彼が優れた兵士であることがみてとれた。入江の外の船までは優に数百メートルあるのである。

彼がみごとに漁船まで泳ぎきって、船から降ろされた縄梯子で船に登って行くのを僕はトムが残した双眼鏡で確認した。しばらくすると、船からボートがこちらの入江に向かってやって来る。トムを連れて三人の漁船員が上陸してきた。

船長らしき人物が僕に、台風を避けるためにやむなく入江近くに停泊しているだけで、この領域に入ること自体が違法なのだ。上陸したことが分かると逮捕される。とてもじゃないが、こんな脱走兵を日本に連れて行くことなど無理な相談だと、けんもほろろにまくし立てた。そしてトムを置いて逃げるように船に戻って行った。

船長のまくし立てる久留米弁は聞き取りにくかったが、そのことを拙い英語でなんとかトムに伝えた。漁船による脱出劇はものの見事に失敗に終わったのだった。

ここにいればなんとか食料にはありつけるものの、たいしたものは何もない。トムのつくるオートミールは、麦に砂糖を入れて煮ただけのものでとても口に合わない。僕とビリは、村の雑貨屋ではったい粉を買ってきて、それを水に溶いて食べていた。

数日間いたが、ここにいると世間のニュースは全く届かない。あまりにも平和すぎるのである。新聞も何もないから、ベトナムに核が投下されて世界が消滅していてもわからないのである。

ヒッピーの青年と話すことも尽きてきた。僕とビリはまだサイケデリックの経験がないから、彼の話す世界にはついていけないのである。ビリと話しあって一度コザに戻ることにした。ヒッチハイクの車を求めて、僕たちは辺戸岬の展望台の駐車場のあるところにまで登って行った。

'69年夏・マジカル・ミステリー・ツアー

辺戸岬は切り立った崖になっていて、展望台のところから下を見下ろすと、激しく打ち寄せる波が白い花を咲かせている。荒波の打ち寄せる、荒涼としたその岩壁の高台からの遠望は格別である。よく晴れていると、二二キロ北方にある与論島が見える。

与論島を含む奄美群島は、サンフランシスコ講和条約で、沖縄と同じくアメリカの占領地域に入れられていたのだが、すでに五三年に日本に返還されていた。軍事施設がつくりにくい人口の少ない島々だから、アメリカ軍にとってもお荷物だったのだろう。

海の彼方に日本が見えるこの美しい辺戸岬は、沖縄の祖国復帰を願うポイントとして知られている。駐車場には数台の車が止まっていたが、そのなかに巨大な真っ赤なキャデラックがあった。アメリカの兵士が乗っていた。近づいて行って、運転席にいる黒人兵に声をかけた。那覇の方まで帰るのだけど乗せてもらえないかと言うと、これから自分たちは嘉手納基地に帰るところだ、そこまでならオッケーだ、と言ってくれた。

キャデラックに乗っていたのは、その黒人を含めて三人のアメリカ兵だった。いま話した運転席にいる巨体の黒人がボスで、後部座席にはその配下の者らしい白人兵士がふたりいた。ひとりは小柄で幼い顔をしていて、まるで少年のような兵士だった。

ベトナムの戦場ではこのチームで戦っていたのだろうか。休暇がもらえればオキナワにつかのまの

〝命の洗濯〟に来ることができるのである。この日は休暇をとってドライブを楽しんでいるのだった。

車に乗り込むと、後部座席の後ろにはステレオがセットされていて、多数のカセットテープがコレクションされていた。当時国内の車にはこんな立派なカー・ステレオはなく、LPレコードのカセットテープ版にしても、まだこのようには商品化されていなかった。それが、キャデラックの車内にロック喫茶のように何十本もコレクションされているのである。

走り出すとさっそく、〝ジョイント〟がまわって来た。彼らは僕らをヒッピーと認めて歓迎してくれたのだった。マリファナを吸いながら、のろのろと運転しながら帰路に着いた。

コレクションされていたカセットは全てが目新しいロックだった。アメリカではちょうど〝ウッドストック〟が行われた直後だったから、彼らはそんな気分でドライブしていたのかもしれない。車内には大音響のロックが流れ、「マジカル・ミステリー・ツアー」が始まった。

国内はまだジャズの時代だった。都会にはジャズ喫茶があったがロック喫茶はまだ東京にも登場していない。僕はフリー・ジャズにハマっていたが、東京でロックを聴くには、輸入盤のLPを買うか、ラジオのFENを聴くくらいしかなかった時代である。

彼らから聴かされるロックは、マリファナで「トリップ」して聴くと、どれも圧倒的な迫力で脳内を駆け巡る。いままで聴いたことがない世界だった。

ボスの黒人が、これが最高だぞと流し始めたのはジミー・ヘンドリックスだった。あの強烈な脳髄に響くギター、大音響の軋んで歪んだインプロビゼーションと、そのノイズの音色のリリックな妙味に、僕はそのとき初めて出会ったのである。

彼のお気に入りは『ザ・ジミ・ヘンドリックス／エレクトリック・レディランド 1967』だった。

これがロックなのか。マリファナが効き出して、「トリップ」してイメージの世界に身を委ねると、現代音楽のような、初めて聞くインプロビゼーションに胸ぐらを掴まれ、めくるめくようなジミヘンのサウンドのなかに引き摺り込まれた。

あの〝ウッドストック〟のフィナーレを飾ったジミヘン伝説を生むことになるアメリカ国歌の演奏はこの年の八月十七日に行われていた。この「マジカル・ミステリー・ツアー」は、〝ウッドストック〟にひと月ほど遅れてそれに重なっているのである。

ベトナムを爆撃するアメリカの空爆と、ズタズタに引き裂かれたアメリカ国旗を連想させる、ジミヘンの見事なコンセプチュアルなアメリカ国歌のその演奏を僕が知るのは、七一年に公開された〝ウッドストック〟のドキュメンタリー映画によってである。だが、そのときジミヘンはもう星になっていた。

キャデラックの車内に流れるジミヘンのロックの錯乱に身を浸すと、ベトナムの狂乱の戦場とリンクしているのが体感されるかのようだった。一度聴くと、そのギター・ノイズのディテールだけでジミヘンだとわかるサウンドが、僕をロックの世界に目覚めさせたのである。

白人青年兵のお勧めはジャニス・ジョプリンだった。彼女のエモーショナルなヴォーカルには出だしから心を鷲づかみされた。車内で聴くデビュー・アルバム『チープ・スリル』(Cheap Thrills,'68)は圧巻だった。

バックのビッグ・ブラザー・アンド・ザ・ホールディング・カンパニーのノイズある演奏も見事だった。そしてこのような『サマータイム』を聞くのは初めてだった。

僕は英語がわからないからヴォーカルものは苦手だったのだが、彼女のヴォーカルは、言葉の意味を飛び越えて直接に胸に響くのである。

彼のもうひとつのお勧めはジム・モリスンだった。このデカダンの気分をかもしだすハリのあるヴォーカルとこの時に初めて出会った。しかし彼の詩のもっている深い意味を知るのは、まだずうっと先のことである。

彼からは他にも、クリームやアイアン・バタフライなども教えてもらったが、そのなかで僕はヴァニラ・ファッジの『ルネッサンス』(Renaissance,'68)にハマった。これは他のロックとは異質だった。その神秘的なサウンドによって、僕の「トリップ」した脳内スクリーンに、突如として中世のバロック的世界が出現したのだ。

ヴォーカルの歌詞の意味は全く理解できなかったが、そのポリフォニックな響きを持ったヴォーカルはサウンドと一体となっていた。ヴァニラ・ファッジの描くこのヴィジュアル・サウンドが、僕の脳内スクリーンに、きらめくようなイメージ映像を投影させる。まだサイケデリックは知らなかったが、マリファナだけで強烈な「トリップ」に落ちたのである。僕は自分の脳内映画館で、中世の時代にタイム・トリップしたのである。

マリファナを吸ってロックを聴く、その圧倒的な醍醐味を知らされた。この「マジカル・ミステリー・ツアー」は、僕がロックの世界に入り込む、いわば〝イニシエーション〟だった。

サイケデリック系ロックのサウンドによって、LSDでサイケデリックを決めなくても、マリファナからでもイメージの渦にどっぷり浸れる「トリップ」が楽しめることを初めて体験したのだった。

人はそれを〝音が見える〟体験だと言うが、まさしくそうだった。ロッカーの脳内で彼らが音をつむぎ出すその瞬間が、まるで同じ脳内とリンクしているかのような鮮やかさで再現されるのである。

マリファナを決めて、トロトロとドライブしているうちに、途中で道を間違えたようだ。辺野古方面に入って山道を抜け出ようとしたら、知らないうちにアメリカ軍の秘密基地のようなところに入り込んでいたのである。

迷路のようなところだった。どの角を曲がっても米軍の立ち入り禁止の看板にぶつかるのである。カフカの『城』を連想した。「トリップ」しながらドライブしているから、目的地に向かう道路にたどり着かないのである。

とうとう立ち入り禁止区域の米軍基地に入って抜け道を聞く羽目になった。〝ジョイント〟を隠して、車のなかの空気を換気してから、リーダーの黒人兵はシラフに戻り、襟を正して軍の施設に入って行った。

僕とビリはもうマリファナが決まりすぎてトロンとしたまま車内にいたが、三人の兵士たちは一旦素面に戻って緊張していた。まだ帰り道の半分も来ていないのに、どうやら門限時間が迫っていたようで、黒人兵のボスは少し焦っているようだった。

入り込んだそこは、グリンベレーの秘密基地だったのかも知れない。目を凝らして見ようとしたが、「トリップ」しているから、ベールを被ったような風景にはピントが合わない。夢と現実の区別のつかないような森のなかの幻想的な基地だった。

なんとか帰り道を発見できた途端、それで安心したのか、ふたたび「マジカル・ミステリー・ツアー」が復活する。僕は手土産に〝ジョイント〟を持って帰りたかったので、〝プレゼント・ミー〟というと、お前はまだ吸いたりないのかと、その度に火のついた〝ジョイント〟をまわしてくれるのだった。そんなわけで、全員が強烈に〝ストーン〟した。マリファナの「トリップ」が深く効いた状態を〝ストーン〟と言うのである。

深夜の門限ギリギリになんとか嘉手納基地のゲートまでたどり着いたものの、しかしもう僕とビリを下ろす暇がない。黒人兵のボスは車の座席の下に僕らを潜り込ませて、そのままゲートの検問を通り抜けた。門限のためによほど焦っていたのか、彼らのかまぼこ兵舎まで僕らを連れ込んだ。

十八年後に観るオリーバー・ストーンの映画『プラトーン』で描かれているような世界がそこにはあった。映画ではない本物のかまぼこ兵舎である。嘉手納基地の深部にある、日本人が誰も立ち入れないところまで、僕とビリは入り込んだのだった。

無事に兵舎に帰りつくことができた黒人兵のボスは、今度は僕たちをどうするか相談を始めた。そしてシラフの白人兵士の仲間が、再び車の座席の下に僕たちを隠してゲートを抜け出して、僕たちを捨てることのできる適当な街まで送ってくれることになった。優しい兵士たちと出会えて幸運だった。

落とされた場所はコザではなかった。僕たちが訪ねたことのない知らない町並みだった。いまから思うと、嘉手納町だったのかもしれない。

深夜の街を徘徊しながら寝る場所を探していると、壊れた映画館があった。そこに入り込んで、疲れていたのでその廃墟の床にそのまま倒れ込んだ。寝ていると、蜘蛛のようなものやゴキブリのようなものが体の上を這いまわっているのがわかったが、もうそれを払いのける力も残っていない。ゴミのなかにゴミのように寝入ってしまった。

'69年夏・旅の終わり

翌日にコザに戻り、状況劇場を世話してくれていたジャズ喫茶の入っているビルの屋上を野宿の場所にすることにしたが、もう有金が底をつき、オキナワで世話になるところも見つからない状態だった。

勝手に上がり込んだビルの屋上に、いつまでいさせてもらえるのかもわからない。オキナワの街でヤマトンチューが乞食になれるのか。日本からどうしたら送金してもらえるのか、それもよくわからなかった。

九月十五日に「赤軍派」が〝大阪戦争〟を始めるというニュースを、日本の本土からの少し古い新聞で知った。そろそろ引き上げる潮時だと僕は考え始めた。

十月二十一日の国際反戦デーには日本に帰っていたいと思い始めた僕は、ビリと一緒に荷物の置いてある辺戸岬のコミューンにふたたび戻って、荷物をずた袋に詰めて帰り支度を始めた。

するとトムも僕たちとつれだってコザに来るという。ジャニーも辺戸岬のコミューンに来ていたから、コザのジャズ喫茶の屋上を待ち合わせの場所にして四人が二手に分かれ、ヒッチハイクしながらコザに向かうことにした。

僕とビリが先についてジャズ喫茶の屋上で待っていると、後からジャニーがやってきて、トムがMPに捕まって連れて行かれたと言う。市内では脱走兵を見つけるために、MPやCIDが巡回しながら目を光らせているから、よほどの用心をしない限りはすぐに捕まってしまうのである。

無精髭を生やしているだけで怪しまれるというのに、トムのような身なりなら、いくら闇に紛れていても脱走兵だとすぐにバレてしまうだろう。

トムはあれほどオキナワから逃げたがっていたのに、とうとう捕まってしまったのか。彼が地獄の戦場に送られ、危険な任務を命じられるだろうことを想像して、僕は悲しくて仕方がなかった。

ところが深夜に屋上で寝ていたときである。物音に気づいて起きると、そこにトムがいた。彼はふたたび脱走してきたというのだった。しかし僕にはトムを匿うことも、オキナワから脱走させることもできない。

彼のことを相談する相手もいない。それに僕自身が、オキナワでは身寄りのいないアウトサイダーだった。

僕は数日後にはオキナワを発つことに決めていた。トムには何もしてやれない。お互いの幸運を願って別れるしかない。

トムもそのことはわかっていた。ビリはもう少しだけ残りたいと言っていたが、僕はビリより一足先に〝本土〟に帰ることを決めていたのだった。

那覇から鹿児島までの船旅は半日の行程である。夕方に那覇港を出れば翌朝には鹿児島港に着く。チケットがあるから、文無しでも大丈夫である。

三日後に僕は帰路についた。

船内では夕食にカレーライスが食べられるサービスがあった。久しぶりに満足な食事にありつけた。そのカレーのなんと美味しくありがたかったことか。地下にある銭湯で、実に一カ月ぶりに風呂に入ることができた。長髪でストレートの髪の毛が、いつの間にか本物の乞食のようにゴワゴワになっていたのには驚いた。洗っても洗っても元にはぜんぜん戻らないのである。

やっと日本に着いたときのことである。鹿児島についてから読んだのか、船内で目にしたのだったかはっきりした記憶がないが、オキナワの新聞の三面記事のニュースに目が釘付けになった。

僕とビリが辺戸岬のコミューンを出た数日後に、アメリカ軍のCIDがヘリコプターまで動員して、コミューンに隠れていた脱走兵たちを摘発した、という小さな記事が出ていたのだった。

トムは再び辺戸岬に戻って捕まったのだろうか。キリや美少女はどうなったのだろうか。心が痛んだが、僕は幸運にもその現場にいなかった。そして米軍に逮捕されることを免れて本土に戻って来ることができたのだった。

僕の六九年の暑い夏は終わったのだ。


十年前に、那覇の県立図書館で探していたというのは、その辺戸岬コミューン摘発の記事だった。そのときは見つけられなかったが、またいつかトライするつもりだ。彼らがその後どうなったのか、僕は何一つ情報を持っていない。

八六年に公開されたオリバー・ストーン監督の映画『プラトーン』の終わり近くで、激戦の跡地に突っ立って雄叫びをあげる名もない兵士の姿を、アンソニー・クインの息子が演じていた。

戦場で生き延びるには、トムの面影と重なるロビンソン・クルーソーのようなその名もない兵士のように、個人がサバイバル能力を持つことが必要なのだ、とそのシーンが主張しているように僕は受けとめた。

オリバー・ストーン監督は、自ら志願してベトナム戦争に出征した元兵士である。アメリカ政府がベトナムで行っている戦争の大義は偽りであることをその体験から知り、末端の兵士の眼を通して映画『プラトーン』を描いたのである。国に翻弄され、死んでいく名もない兵士の姿がリアルに描かれていた。

トムの消息も、「マジカル・ミステリー・ツアー」で出会った兵士たちの消息もわからない。ベトナム戦争でのアメリカ軍の兵士の犠牲者は六万人近い。彼らはなんのために死んでいったのか。その犠牲者のなかに僕が出会った兵士たちがいるのかどうかもわからない。

このベトナム戦争の暗雲が世界を覆っていた時代の、そのアメリカ軍の後方基地としてのオキナワの姿の一端を僕はこの旅で目撃し、それは僕の人生の年輪に深く刻まれている。

オキナワを一緒に旅したビリは、僕の親友のなかで最も早く星になった。

ジャニーとはその後日本で再会を果たし、交友していた時期もあったが、いつしか僕の前から消えた。まだ健在なのだろうか。

第十一幕　'69年秋
時代霊の退潮と散開の季節

10・21国際反戦デー

鹿児島から京都まで一気にヒッチハイクで戻った。三十時間くらいだったと思う。京都には活動仲間の下宿があり、そこに居候することができた。百万遍周辺には、雑魚寝をすることのできるアジトのような場所があった。

学生運動の様相は変わりつつあった。大学闘争から追われた過激派は、より過激な武装闘争を模索していた。

僕が沖縄の旅に出ている間に、「ブント」（共産主義者同盟）は分裂して、京大の塩見孝也、大阪市立大の田宮高麿などをリーダーに「赤軍派」が誕生していた。

「10・21国際反戦デー」に、僕と仲間は同志社の「ブント」のデモ隊に合流して参加した。この日の目標として関西の新左翼勢力が打ち出していたのは、大阪の中心地の御堂筋制覇だった。

同志社大学を夕刻に出発したデモ隊は、いつもと違い、シュプレヒコールも上げずに寡黙だった。駆け足デモで阪急電車の烏丸四条駅に駆け込んだ。先頭部隊は二〇〇人くらいいただろうか。司令が伝言ゲームのように口伝えでやってくる。これに乗れ、窓を閉めろ、次で降りるぞ、というように。

梅田行きの急行に乗り込んだ。そして途中の高槻駅で下車すると、商店街を駆け抜けて、国鉄（JR）の高槻駅にむかう。そこから姫路行きの電車に乗り込むのだが、駅前近くで角材を満載したトラックから、角材をひとり一本受け取って、全員が武装した。

新大阪駅で下車すると、次に地下鉄の御堂筋線に乗り込み、僕たちの第一陣の角材武装部隊は途中で待ち構えていた機動隊の検問を見事にすり抜けて、大阪のど真んなかの心斎橋に無傷で参上することができたのだった。そして御堂筋に繰り出してバリケードを築いた。

当初の計画では阪急の梅田駅に集結する予定であったが、梅田駅では機動隊の大部隊が待ち構えていたためにその裏をかいたのである。しかし中核派を中心とした、宝塚線から梅田に集結したデモ隊は待ち構えていた機動隊の作戦に嵌ってしまい、梅田駅で大量に逮捕される。そのために御堂筋制覇の中心部隊は、同志社から駆けつけた僕たち少数派の「ブント」が担った。この作戦を指揮していたのは「赤軍派」に所属していたMだった。

その後、他の部隊も徐々に集結をしてはきたものの、中核派の主力部隊が梅田駅で大量に逮捕されてしまっていたために、それほどの大人数の動員にはいたらなかった。御堂筋制覇には成功したものの、やがて機動隊の大部隊が鎮圧に乗り出してくる。数が圧倒的に少ないデモ隊はチリジリにされてしまった。

投石用の石がなく角材だけでは、機動隊の攻撃は防ぎきれない。角材は見た目には勇ましく見えるが、殴ろうとしてもすぐに折れるから、ほとんど役に立たない見かけ倒しの武器だった。

僕は機動隊の挟み撃ちにあい警棒で乱打され、アーケードのシャッターの前にしゃがみ込むしかなく、遂に機動隊に確保されてしまう。僕以外にも十数人のデモの参加者がその場所に集められて座らされ、周りを機動隊がとり囲んだ。そして護送車両の到着を待っていた。

とうとう逮捕されてしまうのか。いつかはこうなるだろうと予想していなかったわけではないが、これでは親が困るだろうな、と情けない思いがこみ上げてきた。

様子を伺っていると、機動隊の後ろに多くの群衆が集まって来ていて、機動隊の外側を取り囲むようにしている。僕はそこに一瞬の逃げるチャンスを見つけた。中腰のまま這うようにして、機動隊員の壁の隙間から群衆のなかに飛び込んだ。群衆は、こいつを逃がしてやれと機動隊員の間に壁をつくり、僕を反対側に押し出してくれた。この群衆の手助けによって僕は逮捕を免れて逃げることができたのだった。

機転と咄嗟の行動力で、危機一発、逮捕を逃れた。

学生活動家のなかには、デモで逮捕されてそれで箔をつけるといった連中もいたが、〝ノンセクト・ラジカル〟のセクトの庇護がない身としては、最後まで諦めない遁走術が必要であることを僕はこのときに学んだ。

デモ隊はチリジリにされたが、逮捕されなかった連中でまた徒党を組んだ。しかしもう退散するしかない状況だった。路地裏に集結した数十人の生き残りの部隊の中心にいたMを僕が肩車で担ぎ上げると、Mは御堂筋制覇の成功を訴えて解散を告げた。この程度の人数しか残っていないうえに、これ以上逮捕されて戦力を浪費するのは避けたかったのだろう。

僕はヘルメットを捨て、市民に紛れ込んで、阪急電車でその日の深夜には京都のアジトにまで帰ることができた。

関西の「10・21国際反戦デー」は、東京ほどの大きな闘争、デモにはならなかったが、目標に掲げていた御堂筋制覇には成功したのである。しかし街頭闘争の限界も見えてきたのだった。

六九年の終わりが近づくと、全国に野火のごとく広がった「全共闘」は沈静化して行く。大学の活動拠点は縮小する一方であり、大衆行動の闘争現場も人数が少なくなってしまった。

セクトは逮捕者が増えて戦力を奪われ、〝ノンセクト・ラジカル〟もまた活動現場を失っていく。六七年から六九年に向けて上昇気流のように吹き上がり、「全共闘」を誕生させた〝時代霊〟が、徐々に退潮し始めたのである。

その反動として、関西の「ブント」から分派した「赤軍派」は、より過激な革命軍のような武装集団を立ち上げる方向に向かう。大衆運動から切り離された地下活動を開始したのだった。しかし、〝前段階武装蜂起〟と、言葉では勇ましいアジテーションを打ち上げてはいても、その実態は追い詰められた組織の無鉄砲な戦略に近いものがあった。

〝大阪戦争〟と〝東京戦争〟が失敗に終わった「赤軍派」は、次に、〝十一月闘争〟と称して首相官邸を襲う計画を立てた。そしてその訓練のために、鉄パイプ爆弾などを用意して、甲州市の大菩薩峠にある山小屋に集結するのである。しかしこの情報は公安に筒抜けだった。

十一月五日の早朝に機動隊が突入して、集結していた五十三人が一網打尽に逮捕される。この大菩薩峠事件によって、凶器準備集合、殺人予備、爆発物取締法違反などで「赤軍派」の主な幹部が収監され、組織は壊滅的な打撃を受けたのである。

しかし七〇年代に入った三月末に、この時に逮捕を免れた「赤軍派」のなかから少数精鋭の生き残りが、さらに過激な戦術を伴った大事件を引き起こすのである。田宮高麿グループによる「よど号ハイジャック事件」である。

僕はひとまず横浜の実家に戻ることにした。「現代思潮社美学校」にふたたび通うものの、しかしこれからどのような状況になるのか、全く予想がつかなかった。僕は個人的〝ゲバリスタ〟として現実を醒めた目で見ていた。「赤軍派」のように、革命に人生をかけるような幻想は持っていなかった。しかしこのままでは終われないと思っていた。

'69年とはなんだったのか

作家の橋本治は、〝ノンセクト・ラジカル〟について次のように書いている。

ノンセクト・ラジカルとはいずれの既成政党にも属さず、つまりは、いずれの既成セクトに対しても疑問を感じ、ただラジカルであることを求めるということである。

〔……〕

ラジカルが根元的であるのか、ただ過激であるのかは、混沌のなかで大きく揺らぐけれども、ノンセクト・ラジカルを掲げてしまった者に味方はない。結局のところ、ノンセクト・ラジカルとは、集団とはなり得ず、個として散開していくしかないものだからである。
〔……〕
つまり六九年とは、それ以前の時代を引っ張ってきた思想が終焉を迎える年なのだ。だからこそ騒がしく、その後には空疎なる豊かさしかもたらさない。
〔……〕
七〇年から始まるのは、思想を必要としない大衆の時代なのである。時代というものに追い越されていったことを自覚しない思想の信奉者は痙攣し、その責任と役割を大衆にバトンタッチした思想は、ゆっくりと終焉を迎えていく。
（毎日新聞社版『シリーズ　二十世紀の記録』）

非常に的確な時代分析だと思う。橋本治が亡くなって数年が過ぎた。彼とは同い年である。もし健在であったなら、この時代についてもっとも語り合いたい同時代人である。

僕と橋本治とはわずかに接点があった。二十代の半ばにレコード会社でアルバイトをしていた時期だった。僕はジャケット制作をするセクションで、シングル盤の民謡のシリーズを担当していた。そのシングル盤の表紙に使う影絵の切り絵であるイラストは橋本治の仕事だった。彼はプロのイラストレーターになっていた。

橋本治が小説家として知られる前である。小説家としてデビューするのはその少し後、七七年発表の『桃尻娘』からである。

僕が次に橋本治と出会うのは、竹内まりあのジャケット・デザインを担当していた時である。八〇年暮れに発売される彼女のＬＰ『Miss.M』（RVC エアー・レーベル）のデザインを僕が担当することになった。ディレクターのMはそのジャケットに使うイラストを橋本治に依頼したのだった。

彼が持ってきたのは、セーターの一部であるような毛糸の手編みの織物だった。当時の橋本治は毛糸の手編みに凝っていて、ジャケット・デザインに使えるように、LPの実物のジャケットよりやや大きめの編み物をつくり、それをイラストとして提供してくれたのだった。僕はそれをデザインに使ったが、ただそれにタイトル文字を入れただけである。

その編み物の実物は彼には返却されず、ある事情から僕の手元にやって来て、我が家のステレオ・プレイヤーの上にカバーとして永く置かれていた。ところがある時ふと気がつくと、それは純毛の毛糸で編まれたものだったから、虫に喰われてボロボロになっていた。迂闊だった。残念なことに、彼のそのアートは僕の不注意で消滅したのである。

九〇年代のなかごろであるが、写真家のおおくぼひさこの個展会場で、彼女から紹介されて橋本治と会ったことがある。実際に橋本治と面と向かって話をしたのはそのときが初めてだった。

彼は山登りを終えたばかりの登山家の格好で現れたが、こんなにいいガタイをした、巨大な存在感のある〝文人〟がいるのかとちょっと驚いた思い出がある。

時代はやがて橋本治が語ったように、〝個〟として散開していくしかない七〇年代を迎えるのである。

'69年秋・デカダンな日々と小茶での公案

この年も暮れようとしていたが、僕は「現代思潮社美学校」の教場で日々、模写の作業に熱中していた。模写をしていると時間を忘れることができるのである。

絵描きになれればいいなぁとは思っていたが、絵描きになりたかったのかどうかは解らない。僕は絵画で表現したい特別な何かを持ってはいなかった。僕の周りに絵描きの知り合いはいなかった。それが職業としてみた場合、どういう世界なのか、実はよくは知らないでいた。

哲学者にもなれず、詩人にもなれず、絵描きにも、革命家にもなれずにいるそんな自分に呆れながら、あてのないデカダンスの日々に身を委ねるしかなかった。

夜は気が向くと、新宿のゴールデン街の筋向かいにある、カウンターの飲み屋「小茶」に友人たちと呑みに行った。このお店は、京都で母親の小料理屋「贋作」の手伝いをしていた、仲間から〝ガンサク〟と呼ばれていた京大農学部院生の先輩から紹介してもらった。

「小茶」は、僕のような〝ノンセクト・ラジカル〟のヒッピー風の学生が出入りできる気さくな店で、とても安く飲めた。北海道出身の「小茶」のおばさんの出す鮭の切身の厚さは、普通の店の三倍くらいあった。

僕のことを「小茶」のおばさんは可愛がってくれた。小さな飲み屋であったが、カウンターの店の二階に一間の小部屋があり、終電がなくなってもその部屋で朝まで飲みつづけることができた。二階の小部屋は、おばさんのお眼鏡にかなった気に入った客だけに使わせてくれていた。

このような時代だから客同士で論争になることも多かった。そんなある日、居合わせた客と哲学談義となり、僕は自分のマックス・シュティルナーばりの《自我経》を披露した。辻潤が翻訳したマックス・シュティルナーの『唯一者とその所有』のタイトルが『自我経』であった。

それはアナーキストで、〝新実存主義者〟を自負していた僕の、僕が僕であるエゴの核心部分であり、その時点における「存在と意識」の唯一の拠りどころだった。

話し相手は僕より少し年上で、雑誌社のフリーライターをやっていると語っていた。彼は僕の話を聞いて、それから僕に、「おまえがそのエゴを持ち続けることは勝手だが、それはこの人生を生きる上で一種の障害のようなものだ」と言い放った。「その気持ちは理解できる、しかしそれを持ち続ける以外にも、お前が本物の自分になりたければそれを一度捨てる道もある」と。

僕は自分の生き方に関して、師匠や先輩といった目上の人の指導などひとつも受けずに、自分自身で勝手に彷徨ってきた。その暗闇の道を歩むための一筋の灯りが、僕が大事に育んできた実存的エゴだった。

他者から直接にこのような指摘を受けるのは初めてのことだった。彼は初対面の、この生意気なアウトサイダーの〝ツァラトゥストラ〟に対して、そんなエゴで構築した「存在と意識」の構造物など自慢できるものじゃない、と臆面も無く告げたのである。

これはものすごくショックだった。いままで、そんなふうに忠告してくれた友人はいない。僕は反撃を試みたものの、そんな自分が虚しかった。

その一方で僕のなかに何かが入り込んだ。西谷啓治の講義を受けたときのように、これもひとつの禅の公案かも知れない、そんな気がしたのだった。

この言葉の真意が、僕の内部で腑に落ちるのはまだかなり先のことであるが、このパンチは僕のエゴにボディブロウのように効いたのである。

僕が自我の目覚めを感じて、自分のしがないエゴが発芽したと思ったその時点から、この言葉を投げかけられるところまで成長してきたエゴという同伴者を、果たしてどう見捨てることができるというのか。「存在と意識」を構築するプロセスのなかで、拠り所として必死に育んできたその核心を、どう放棄することができるというのか。放棄すれば、自分の全てが失われるのは明らかだ。

それにこのエゴの深部には、失恋の傷痕がまだ疼いているのである。

彼が僕に投げかけた公案は、反発していても心の深いところで、〝生きた概念〟のように、呪文のように反響し続けるのだった。彼の名前はもう記憶にないが、その酔いのなかの哲学的箴言にはいまも感謝している。

しかし六九年のその時点では、僕は迷路を彷徨うカフカの虫のように這いずり回っているだけだった。

サイケデリック体験による「変性意識」の獲得に至るまでは、そのような奇形化したエゴを捨てきれない時期がいま暫くは続くのである。

第十二幕　'69年夏

アメリカで起きた光と影のふたつの出来事

'69年夏・アポロ11号

六九年は終わろうとしているが、この年の夏にアメリカで起きた光と影とも言い得るふたつの出来事を振り返っておきたい。

ひとつは人類初の月着陸である。

七月二十日一六時一七分四〇秒、アメリカ合衆国の宇宙船アポロ11号に搭乗したニール・アームストロング船長と、月面着陸船の操縦士、エドウィン・オルドリンのふたりが月面に降り立ったのである。

これはにわかには信じがたい出来事だった。ベトナム戦争が泥沼に陥って、収束の見えない戦時体制のアメリカにとって、奇跡のような明るいニュースだった。

アームストロングの第一声、「これはひとりの人間にとっては小さな一歩だが、人類にとっては偉大な一歩である」は、月面を歩く映像とともに衛星放送で全世界に発信された。

アームストロングは、自分がしたことは小さいが、ホモ・サピエンスが月に到着したことは、人類史の偉大な一歩である、と話しているのである。

この発言の発端にあるのは、SF作家のアーサー・C・クラークと映画監督のスタンリー・キューブリックの世界観である。彼らは前年に、映画『二〇〇一年　宇宙の旅』(2001: A Space Odyssey)を公開していた。

この映画は人類の進化を描いたSF映画だった。四〇〇万年前に地球に登場した原始人は、道具を使うことを発見し、やがてホモ・サピエンス・サピエンスとなり、さらなる進化を遂げて月にまで至る壮大な物語である。そしてそこで、宇宙の知的進化を促す〝モノリス〟と再会した人類は、コンピューターとの戦いに巻き込まれながらも、未知なる意識の果てへサイケデリックな旅を続けることになる……

『二〇〇一年　宇宙の旅』の映像はそのディテールが非常に精巧につくられていて、そのリアルさを見知った目には、現実のアポロ11号の月着陸の映像が逆に貧弱に見えてしまうという奇妙な錯覚を覚えたものだった。

後に、このときの人類の月着陸の映像は、実はキューブリックがスタジオで撮影したものであり、実際には人類は月に行っていないとする都市伝説が生まれる。僕は、アメリカ政府がフェイク・ニュースを捏造して世界中を騙そうとしているという説にも興味をそそられるが、嘘よりも真実の方がよほど凄いから、都市伝説やそこから派生した陰謀論には関心がない。しかしこの陰謀論に加担している人は、その理由は様々だが世界中に驚くほど存在している。

アポロ11号のこの偉業は、これが本当に現実に達成できたのか、という驚きを与える一方で、カウンターカルチャーの時代に、それをもたらした〝時代霊〟の屋台骨を吹き飛ばすような、人類の〝科学の進歩〟の成果をうたいあげる、既存の文明社会の側からの反撃であった。

'69年夏・チャールズ・マンソン

ふたつ目は、月面着陸の二十日後の八月九日、ロサンジェルス郊外の高級住宅地で発生した「シャロン・テート殺人事件」である。

カリフォルニアのデスバレーでヒッピー・コミューンをつくっていた、チャールズ・マンソンをリーダーとする「ファミリー」のメンバーが、女優のシャロン・テートさんとその友人等を殺害した事件である。

ハリウッドの自宅でパーティを開いていた彼女と、そこに居合わせた彼女の友人を含む四人に、別の目的で現場にやってきて巻き込まれたひとりを加えて計五人が殺害された。

これは非常に謎の多い〝猟奇的〟殺人事件である。さらに翌日には、「ファミリー」の別のメンバーが、ロサンジェルスの裕福な夫婦であるレノ・ラビアンカさんと妻のローズマリーさんを、同じように〝猟奇的〟に殺害する事件が発生した。現在ではこのふたつの事件を連続殺人事件ととらえて、「テート・ラビアンカ殺人事件」と呼称している。

女優のシャロン・テートさんはロマン・ポランスキー監督の妻であり、このとき妊娠八カ月だった。殺人者たちは、命乞いする彼女を滅多刺しにして殺害し、彼女の血を使って玄関のドアに、"pig"と書き殴った。

翌日のラビアンカ夫妻殺害の現場でも、被害者の血で"Rise""Death to Pigs""Healter Skelter"と、"Helter"のつづりが間違っている文字を、壁や冷蔵庫に書き殴った。

被害者と加害者に直接的な関係のない猟奇的殺害に加えて、異様なメッセージを残しているが、その目的は何なのか。これを解くことが事件の解明につながるとロサンジェルス警察は考えた。捜査は混迷を極めるが、数カ月後に事件の首謀者としてチャールズ・マンソンを逮捕する。

チャールズ・マンソンは現場にはいなかったものの、この事件の前後に起きたゲイリー・ヒンマンとドナルド・"ショーティ"・シアの殺人事件を含む、これらの一連の事件の首謀者として、九件の第一級殺人の罪で有罪を宣告される。

その他にも立件されていない案件があり、マンソンの「ファミリー」が関わったものか、模倣犯の犯行かは不明ではあるが、ロサンジェルス警察はさらに十人を超える関連殺人があったと考えている。

マンソン事件の全貌は、七四年に出版されたヴィンセント・ブリオシの『Helter Skelter』がベスト・セラーになった結果、それが「テート・ラビアンカ殺人事件」に関する完成されたひとつのストーリーとして定着している。著者はこの事件を担当した首席検事である。

チャールズ・マンソンは、ドラッグで妄想した世界を実現させるために、自ら率いる集団に残忍な連続殺人を指示して実行させた悪魔のような人物として、当時のヒッピーとカウンタカルチャーの"ダークサイド"の象徴として描かれている。

ヴィンセント・ブリオシはこの著書のなかで、その連続殺人の動機を考察して、マンソンにその妄想を抱かせたのは、ビートルズの『ホワイト・アルバム』に収録されている『ヘルター・スケルター』(Helter skelter)という楽曲であった、と結論付けたのである。"Healter Skelter"という文字は、「ラビアンカ夫妻殺害」事件の現場に残されていたものである。

「テート・ラビアンカ殺人事件」の被害者と殺人者の間には接点がなかった。殺害の動機が不明な、行きずりの〝猟奇的〟な連続殺人事件である。その目的は物取りでも復讐でもなく、愉快犯のような異常性がある。

この事実を前にして、その殺人の実際の目的は何か、それをひとつのストーリーに創り上げたのがヴィンセント・ブリオシの『Helter Skelter』である。

アメリカの裁判は陪審員制度であるが、この本によって事件の真相はこれ以外には考えられないように陪審員が誘導され、弁護人までもがこれに反論できずにいた。

この事件の犯行を自白したスーザン・アトキンズの当初の弁護人だけが例外で、唯ひとり同調しなかったが、途中でヴィンセント・ブリオシの推薦する弁護人に変更されている。このようにして、ヴィンセント・ブリオシの主張どうりに事件が審理されていくのである。

この〝猟奇的な連続殺人〟事件によって、当時ハリウッドの裕福な市民たちが恐怖に襲われたのは事実である。しかし、事件の五年後に出版されたこのヴィンセント・ブリオシの『Helter Skelter』によって、それが、ヒッピー・コミューンのひとつ、「ファミリー」のメンバーによる狂気の犯行であると結論づけられると、カリフォルニアのヒッピー・ムーヴメントは息の根を止められてしまうのである。

チャールズ・マンソンは起訴事実を認めないまま一級殺人で死刑を宣告され、カルトを率いた悪魔の殺人鬼に祀り上げられてしまった。その後カリフォルニア州が死刑を廃止したために彼は死刑を執行されずにいたが、仮釈放されない囚人として幽閉されたまま、二〇一七年、八十三歳で没した。

この事件の真相は何か。多くの不可解な謎があるものの、検事の思惑のままに完璧なストーリーがつくられてしまったことによって、逆にその真相は〝藪の中〟に追いやられてしまっているのである。

ビートルズの『ヘルター・スケルター』は、最初はポール・マッカートニーとジョン・レノンの共作と記されていたが、実際はポールの作詞作曲である。ノイズをやりたかったポールが他のメンバーたちとスタジオに籠って、完全なる狂気とヒステリーのなかからつくり出したものといわれている。つまり、みんなでＬＳＤをきめて生み出した楽曲なのである。

《ヘルター・スケルター》とは、お祭りなどに登場する移動式の螺旋状の滑り台のことだが、詩の内容に特別な深い意味があるわけではない。——「下まで滑ったら、またてっぺん目指してはい上がる、頂上に着いたら足を止め、向きを変えもう一度滑ってゆくんだ、下までいけばまたお前に会えるからな」。

ビートルズのメンバー四人全員がＬＳＤをきめながらスタジオに籠り、〝時代霊〟と共鳴しながら、それに憑依された状態でノイズによる錯乱サウンドに思い付きの言葉を加え、この楽曲を産み出したのである。

聴き手がＬＳＤをきめてそのノイズのなかに入ると、そこから実に様々なメッセージを受けることができる、というタイプの楽曲である。しかしそれは必ずしも創り手が意図したものとは限らない。

創り手と聞き手の潜在意識が交差して、そのようなものが生み出される背景には、サイケデリックと〝時代霊〟が関与していると僕は考えているが、しかしそれを説明するのはなかなか難しい。〝時代霊〟は、その時代にリアルタイムに体験する以外に理解しにくいものだからである。

聞き手の側に起きていることが、アーティストの側が意図しない内容であっても、それが〝リアリティ〟を伴って出現すると、単なる妄想として片付けられないものになる。サイケデリックが個人の脳内に、その〝時代霊〟をウイルスのように感染させるからである。

僕は前章（第十幕）で、沖縄の辺戸岬のコミューンの話を書いたが、そこで出会ったキリもマンソンと同じような話を僕にしていたのだった。

マンソンもキリも『ホワイト・アルバム』のメッセージを受け取っているが、キリがマンソンのようになることはない。しかし時代は下るが、麻原彰晃の場合はマンソンのようにそれを受け取ったのである。

当時は多くの若者が、ＬＳＤのサイケデリックを体験してカウンターカルチャーの影響下にあったが、『ヘルター・スケルター』がマンソンの猟奇的な殺人の動機だというのは、とんでもなく無茶な話である。

しかしヴィンセント・ブリオシがそう結論づけているのは、ヒッピー・ムーヴメントを抹殺したいという彼自身の願望がそこに反映しているからだ、と僕は考えている。

マンソンが「ファミリー」というコミューンのカリスマ的なリーダーであり、前科持ちであり、若い女性にＬＳＤを提供して、彼女たちを洗脳していたのは事実である。

彼が〝天性のペテン師にして泥棒〟で、〝反体制、反物質主義、フリーセックスを唱えるカルトの教祖〟であったのもほぼ事実だろう。またそのメンバーたちが、おぞましい〝猟奇的〟な殺人を犯したのも、その証拠や自供からも否定できない事実であるだろう。

しかしながら、『ヘルター・スケルター』をその原因にするというのは、ヴィンセント・ブリオシの妄想である。

マンソン・ファミリーが事件を引き起こした事実は拭いようがないが、彼の「ファミリー」のメンバーの自供はあっても、首謀者のマンソンの自供は存在していない。また彼の背後にいた存在にも踏み込んでいない。いったい誰が、チャールズ・マンソンをつくり出したのか、という問題である。

事件にヒッピー・ムーヴメントが関与しているのは否定できないが、そこからだけでは真相は見えてこないだろう。

チャールズ・マンソンはコミューンを維持するために、廃棄される食物を集める女性チームをつくっていた。「ファミリー」のために食べ物を集めるのは彼女たちの仕事だった。雑多な、思想性のまるでない若者たちのコミューンを、マンソンはLSDによる〝洗脳〟と、フリー・セックスで支配していた。

当時、このLSDによる〝洗脳〟を研究していた秘密チームがCIAのなかにあった。「MKウルトラ計画」という名前のこの極秘のプロジェクトは、五〇年代の初頭から少なくとも七〇年代はじめまで行われていたとされている。

しかし七三年に、公文書を含めほとんどの資料が廃棄されてしまった。そのために、廃棄を免れたわずかな資料と、関係者の証言と、状況証拠の痕跡しか残っていない。

それらから推測するしかないが、「MKウルトラ計画」では、秘密裡に一般市民を巻き込んで多くの洗脳実験をやっていたことが判明している。このプロジェクトの実験のターゲットには、冷戦下の東側のスパイだけでなく、国内のヒッピー・ムーヴメントやカウンターカルチャー、ベトナム反戦運動などのメンバーたちも含まれていたようだ。

ジョリー・ウエストという人物が、政府からの資金援助で、ヒッピーの聖地サンフランシスコに、「ヘイト・アシュベリー・プロジェクト」と名付けた仮設宿泊所を立ち上げた。ここには、マンソンの「ファミリー」のメンバーも出入りしていた。

ジョリーはドラッグによるマインドコントロールの研究者で、「MKウルトラ計画」にも関与していたといわれている。彼とマンソンが接触していたという証拠はないものの、近隣地域の住人であるマンソンもまた、「ファミリー」のメンバーを自分の意のままに操るために、LSDを使って〝洗脳〟していたのである。関連がなかったとは言い切れないだろう。マンソンがどこからLSDを大量に供給されていたのかに関しても、謎のままである。

「ファミリー」のコミューンには、そのころ数十人のメンバーが出入りしていたが、そこには、〝洗脳実験〟をするのにもってこいの最適の条件が揃っていたのである。マンソンのコミューンは市民から隔てられた環境下にあり、その構成員はドロップアウトしたヒッピーや犯罪者たちだった。

また、急速に拡大するヒッピー人口に安価な医療を提供する施設、サンフランシスコの「ヘイト・アシュベリー・フリー・メディカル・クリニック」は、前科持ちのマンソンの保護観察官だったロジャー・スミスが開業したものである。彼は、バークレー大学犯罪学部で、ドラッグの使用と犯罪者集団による暴力との関連性を研究していた研究者だった。

「ファミリー」の周辺は、「MKウルトラ計画」の影に深く覆われているのである。このような事実が、半世紀後に出版されたトム・オニール著『Chaos』で明らかにされた。

人間を狂気に駆り立てたのは、カウンターカルチャーではなく、〝マインドコントロール〟で殺人者をつくりだす〝ダークサイド〟の計画の方であったと僕は考えている。

「MKウルトラ計画」がどのような具体的な成果をあげたのかは謎のままである。ただそれが中止されたのは、目的を達成するための成果以上に、その過程での混乱が取り返しのつかない危険を招いたからだといわれている。そのひとつは知られているが、おそらくはそれだけでは中止には至らなかっただろう。

六三年にジョン・F・ケネディ大統領を暗殺したオズワルド、六八年にロバート・ケネディを暗殺したサーハン・ベシャラ・サーハンなども、不確かな情報ではあるが、この「MKウルトラ計画」に関連していたと噂されている。

さらに時代は下るが、八〇年のジョン・レノンを暗殺したマーク・チャップマン、八一年にレーガン大統領暗殺を企てたジョン・ヒンクリーなどにも、この「MKウルトラ計画」の一部が秘密裏に継承されていたと語られることもある。

ロバート・ケネディの殺害は、サーハン・ベシャラ・サーハンが発射した22口径の拳銃による個人テロであると結論づけられているが、しかし後にメディアが報道した殺害現場のものとされる録音には十三発分の発射音が記録されている。また致命傷になったのは後頭部の銃創だが、サーハンは正面にいたなど、謎が多い事件である。しかしそれらのことは不問に付されてしまった。

ロバート・ケネディの殺害現場には、なぜかCIA要員がいた。容疑をかけられた元CIA職員、モラレスは次のように語ったとされている――「あのクソッタレをやったときはダラスにいたし、あのロクデナシをやったときはロサンジェルスにいたよ」（"I was in Dallas when we got the son of a bitch and I was in Los Angeles when we got the little bastard."）。

これは単なる冗談として片付けられているが、なぜか政府が関与したと思われる暗殺劇には、CIAの「MKウルトラ計画」の影がちらついていて、さらに、それに関する証拠隠滅のためと思われる関連死もある。

これに関するドキュメンタリーをつくるとなると、〝藪の中〟に手を突っ込むことになり、自らの命が危険に晒されかねないために、アメリカ国内ではフィクション作品の素材として登場させるしかない面がある。様々な推測はできるが、これではとても真相にはたどり着けない。これらの事件の真相を暴くことは現実的には無理である。

残念ながらいまのところ、疑念を呈することしかできないのである。


「テート・ラビアンカ殺人事件」はこの年の夏に起きたが、七四年のヴィンセント・ブリオシの『Helter Skelter』の出版によって、「ヒッピー・ムーヴメント」を抹殺したいという彼自身の願望は実現されるのである。

六〇年代が終わろうとするアメリカの風景の光と陰は、このようなコントラストを放っている。そして、このコントラストのなかで、ヒッピー・ムーヴメントやサイケデリック・ムーヴメントを登場させた〝時代霊〟が退潮していくのである。

国内においても、過激な学生運動を登場させた〝時代霊〟が、七〇年前夜にしてやはり退潮していく。

七〇年代はどのような時代になるのだろうか。

六七―六九年は、社会という鳥籠のような場所に穴が空いた時代だった。僕はその穴から鳥籠の外に一旦は抜け出してみたものの、このまま外で自由なドロップアウトの生活を続けることができるのだろうか。それとも、この世界で生き残るためには、ふたたび鳥籠のなかに戻るしかないのだろうか。そのような岐路が目の前にあることを感じていた。

六九年の帷が降りようとしている年末を迎えた僕の目の前では、〝時代霊〟が開けた鳥籠の穴が徐々に修復され始めている。暮れのレコード大賞は、本命と言われていた森進一の『港町ブルース』を抑えて、佐良直美の『いいじゃないの幸せならば』が選ばれた。浮気して恋人を捨てる女が冷たい女となじられても、いいじゃないの幸せならばという詞を、『世界は二人のために』でデビューした清純派の佐良直美に歌わせたものである。

若者の意味のないチグハグさ、奇妙さしか感じさせないこの楽曲を選んだ選考委員たちの意図は、ひとつの時代に決別を告げることにあったのかもしれない。

きっと七〇年代には、穴を塞がれた鳥籠が何事もなかったかのように戻っているのだろう。

このような未明の七〇年を前にして、僕には展望がなにもなかった。

橋本治が語ったように、〝個〟として散開していくしかないのだろうか……

あとがき

僕は〝ヒロシマ・ナガサキ〟から三年後に誕生したアトムの時代の団塊世代である。いままで自分の人生を振り返ることなく、時代に流されるように生きてきた。好奇心に駆られて、この歪な世界を旅するかのような人生を送ってきたが、自分は何のためにどこへ向かっているのか。その答えは老境に入っても持てないでいる。たぶん一生持てないで終わるのだろう。

三年前に胃がんの手術をして胃の大部分を摘出した。それまで大病をしたことがなかったから、死に目に遭うのはこれがはじめてのことだった。早期の胃がんは生存率が高いが、僕のはステージⅢの後半だった。翌年再発してステージⅣとなった。ステージⅣは最終ステージである。

抗がん剤の化学療法をやっているが、五年生存率は数パーセント。いろいろ考えさせられた。人生を総括することなどできないが、少し時間の流れを緩めて、人生を振り返る時間を増やすことにした。

僕はこの七十年余りの人生で何を手に入れたのだろう。家族に恵まれたことを別にして、世間に自慢できるようなものは何ひとつない。七〇年代半ばに、ドロップアウトから鳥籠のなかに戻り、三十年ほど社会人として働き、核家族をつくっていまは年金生活者の身分である。産業界の都市生活者として暮らしたその半世紀は、世間一般とそう変わらない人生を送ってきた。

子供時代から現在の老境に至るまで、時代の表層を滑ってきた人生であるが、そこにはひとつの時代を生きた〝年輪〟が刻まれている。それは極私的なものにすぎないが、時代のなかでリアルタイムに刻まれてきたものである。未来に、僕が受け取った何をバトンとして渡せるのだろうかと考えた時に、この〝年輪〟が頭に浮かんだ。

この書物は、僕の年輪のなかの六七年から六九年について書いている。この三年間の年輪の幅は他と比べて格段に厚い。いまの時代から見ても、特別な時代であったと思う。

学生運動、カウンターカルチャーの嵐が吹き荒れていた荒海に、〝時代霊〟に誘われて、ヒッピーに憧れてドロップアウトしていた遍歴時代の話である。十九歳から二十一歳までの三年間の青春期である。いままで誰にも語ったことのなかったそれを、ひとつのバトンとして未来に向かってナラティヴしてみたくなったのである。

固有な意識の建造物の殻を纏ったカフカの虫のように、ひたすら這いずり回っていた時期であった。しかしその虫が、カウンターカルチャーの荒海に生きる意味を求め、学生運動と革命、アートの探求、魂を突き動かす旅する喜び、人と人との出会いを求め〝時代霊〟とのダンスを楽しむ、といった衝動だけで泥舟を漕ぎ出したのである。

いまから振り返ってみれば、なにものにも代えがたい《わが魂の航海術》であったと思う。この本のタイトルはそこから来ている。

短い人生で、どのような幸福を求めるかは人それぞれであるが、僕の航海術は安全に人生を乗りこなすような航海術とは全く違う。先の読めない時代の荒海をどう突っ切ってきたのか、その魂の体験談である。

七〇年代に入ってからも僕の迷宮的な人生の彷徨は続くが、しばらくしてLSDのサイケデリックの体験から、念願の「変性意識」と出会うことになる。魂はメタモルフォーゼするものだと思う。それでようやく孤独なエゴから脱皮できたのだった。この話は次の物語になるだろう。

鳥籠のなかに戻り社会人となっても、魂の求道者としての旅は終わらなかった。仕事をリタイアしてからは、より一層人生を楽しむように、単独者のアナーキストとして独自のアートの表現を続けているが、それは半世紀前の「変性意識」が僕の魂の進む方向を決定づけたからである。この六〇年代の話は「変性意識」前史になるが、僕の「変性意識」にはこの青春期の体験が決定的な影を落としている。

この本の続編にあたる『サイケデリックは変性意識のタネである――ヒッピー・ムーヴメントとカウンターカルチャーは二十世紀最大の文化革命だった』（近刊予定）のなかで、僕はその「変性意識」について考察している。

現在の僕はがんのサバイバーになったが、いまはこの「変性意識」を杖がわりにして、尊敬するヤキ・インディアンの呪術師ドン・ファンが語っている〝こころのある道〟をふらふらと歩んでいる。

僕の時代霊とのダンスはまだ終わっていない。

何かを探求すれば何かを手放すことになる。僕のわがままな人生は家族の犠牲の上にあることをここに告白しなくてはならない。それを許してくれた両親、核家族に感謝する。その結果、一冊の本が生まれた。

これが出版できるのは、いくつもの幸運の連鎖による。長女の弥智都の協力がなければ、このような形での書物にはならなかっただろう。彼女の忌憚のない意見と励ましによって眠らせていた原稿に手を入れることができた。

その原稿を水声社の鈴木宏さんに読んで頂き出版が実現した。鈴木宏さんとは装丁の仕事をとおした長年の付き合いであるが、このたびは僕のこの処女作の編集を担当していただいた。僕にとって望外の幸運である。

友人の福士昌明さんが素敵なブック・カバーのデザインをしてくれた。また本を出版するにあたり諸々のサポートを関和美さんからいただいた。この四人の方々に重ねて感謝する。

ここに名前はあげないが、僕の荒原稿に目をとおしていただいた友人知人の皆様方に感謝する。

現在の僕のがんのサバイバー生活を支えてくれている妻りんこと三人の子供たち、弥智都、真希理、美神路のひとりひとりに、心より厚く重ねて感謝する次第である。

二〇二三年十月四日

川崎三木男

著者について——

川崎三木男（かわさきみきお）　一九四八年、琵琶湖畔東岸に生まれる。求道者、鍼灸師、コンセプチュアル・アーティスト、がんのサバイバー、ヤポネシア天狗・パフォーマー、写真家、サイケデリック研究家、ビーナス文化研究家。

装幀――――福士昌明＋川崎三木男
カリグラフィー――塩崎敬子

わが魂の航海術——'67–'69時代霊と遊ぶ

二〇二三年一二月二二日第一版第一刷印刷　二〇二四年一月一〇日第一版第一刷発行

著者——川崎三木男

発行者——鈴木宏

発行所——株式会社水声社

東京都文京区小石川二—七—五　郵便番号一一二—〇〇〇二
電話〇三—三八一八—六〇四〇　FAX〇三—三八一八—二四三七
［**編集部**］横浜市港北区新吉田東一—七七—一七　郵便番号二二三—〇〇五八
電話〇四五—七一七—五三五六　FAX〇四五—七一七—五三五七
郵便振替〇〇一八〇—四—六五四一〇〇
URL : http://www.suiseisha.net

印刷・製本——精興社

ISBN978-4-8010-0788-8